DIT DAGBOEK IS VAN:

~~Nikki J. Maxwell~~

GEHEIM & VERTROUWELIJK

Als je het vindt, breng het dan terug voor een BELONING!

(NIET STIEKEM LEZEN!!! ☹)

MacKenzie Hollister

grijpt de macht!

VAN
Rachel Renée Russell
verschenen:

Dagboek van een muts (1)
Dagboek van een muts – Zoek 't lekker uit! (2)
Dagboek van een muts – In de spotlights! (3)
Dagboek van een muts – Mijn gemuts (3½)
Dagboek van een muts – Zak er lekker door! (4)
Dagboek van een muts – Nikki weet raad (5)
Dagboek van een muts – Hopeloos verliefd (6)
Dagboek van een muts – Drama voor de camera (7)
Dagboek van een muts – Er was eens... (8)
Dagboek van een muts – Afblijven! (8½)
Dagboek van een muts – Houd de dief! (9)

Rachel Renée Russell

Dagboek van een MUTS

HOUD DE DIEF!

AVONTUREN VAN EEN NIET-ZO-SUFFE DRAMA QUEEN

in samenwerking met
Nikki Russell en Erin Russell

UITGEVERIJ
De Fontein
JEUGD

De Nederlandse Kinderjury 2017
©CPNB

MIX
Papier van verantwoorde herkomst
FSC® C014496
FSC www.fsc.org

www.defonteinkinderboeken.nl

www.graphic-novels.nl

Oorspronkelijke titel: Dork Diaries – Tales from a not-so-dorky drama queen

Verschenen bij Aladdin, een imprint van Simon & Schuster

Vertaling: Mechteld Jansen

Omslagafbeelding en illustraties: Rachel Renée Russell

Omslagontwerp: Zeno

Grafische verzorging: P3 vormgeving, Huizen

ISBN 978 90 261 4000 6 (e-book 978 90 261 4022 8)

NUR 283, 284

Voor mijn tweelingbroers
Ronald en Donald, met liefde

Bedankt dat jullie de inspiratiebron
waren voor (en het onderwerp van)
mijn allereerste boek, dat ik als
aspirant-auteur in groep 7 schreef!

WOENSDAG 2 APRIL

De afgelopen vierentwintig uur van mijn leven waren zo MISSELIJKMAKEND dat ik me voel als... een uitgekotste... plens... eh, katten... BRAAKSEL!

Eerst verpestte ik mijn gloednieuwe trui met een broodje pindakaas, jam en augurk (lang verhaal).

Toen kreeg ik bij gym een bal in mijn gezicht terwijl de HELE klas toekeek en raakte ik in een raar sprookje verzeild (nog veel langer verhaal!).

Oké. De ultieme VERNEDERING om ZONDER HET TE WETEN met een boterham op mijn buik geplakt rond te lopen kan ik hebben.

Zelfs een lichte hersenschudding kan ik hebben. Maar wat ik NIET kan hebben is dat 'iemand' een AFGRIJSELIJKE roddel over me rondvertelt!

Ik hoorde er in de wc toevallig twee MPM's (Mooie Populaire Meisjes) over praten.

De roddel is dat mijn GEHEIME LIEFDE me alleen maar heeft gekust (vorig weekend, tijdens een middag voor een goed doel) voor een weddenschap om een grote GRATIS Queasy Cheesy-pizza!

Natuurlijk FLIPTE ik totaal toen ik dat hoorde! Zo'n weddenschap is niet alleen bot en laag, maar het is ook een gemene streek tegenover iemand als... eh... IK!

Ik wist ZEKER dat het allemaal een dikke vette LEUGEN was. Sorry, maar iedereen weet toch hoe SMERIG die pizza's zijn? Als het om zo'n heerlijke Crazy Burger ging had ik het meteen geloofd!

Ik geef toe dat de roddel nog VEEL erger had kunnen zijn. MAAR DAN NOG!! Ik wou dat een zeker iemand zich niet met mijn privézaken bemoeide. En met die iemand bedoel ik mijn aartsvijandin... MACKENZIE HOLLISTER!! ☹

Ik weet niet waarom die meid me zo HAAT! Het was niet MIJN schuld dat directeur Winston haar drie dagen liet nablijven wegens 'onsportief gedrag' omdat ze die bal in mijn gezicht had gesmeten.

Ik mag BLIJ ZIJN dat ik niet in COMA lig! Of een levensbedreigende operatie moet ondergaan…

Maar goed, voor straf moet MacKenzie nu de douches in de meisjeskleedkamer schoonmaken. En die zitten vol vieze beestjes!

Helaas heb ik vandaag ontdekt dat het ongedierteprobleem daar HEEL ernstig is!!

Toen ik bij Frans achter MacKenzie mijn huiswerk zat af te maken, zag ik ineens iets in haar haar zitten.

Eerst dacht ik dat het zo'n hippe designerhaarspeld was die ze graag draagt. Maar toen ik beter keek, zag ik dat het eigenlijk een gigantische dode TOR was!! IEUW!! ☹

Dus ik tikte op haar schouder. 'Eh... MacKenzie! Ik wil even zeggen dat...'

'WAAROM praat je tegen mij, Nikki? Bemoei je met je EIGEN zaken!' zei ze, terwijl ze me aankeek alsof ik iets smerigs was dat haar verwende poedel Fifi in haar tuin op het gras had achtergelaten.

MACKENZIE KIJKT ME ONBESCHOFT
EN VUIL AAN!

'Oké! Dan zeg ik toch niet dat er een enorme dode TOR in je haar zit?' zei ik heel rustig. 'Die trouwens precies op een lelijke haarspeld lijkt! En perfect bij je ogen past!'

'WAT?' zei MacKenzie en haar ogen werden zo groot als schoteltjes.

Ze pakte snel haar make-upspiegeltje.

'OMG! OMG! Er zit een groot zwart... INSECT met harige poten in mijn gouden lokken! IEIEIEIEK!!!' krijste ze. Toen begon ze hysterisch in het rond te springen en met haar hoofd te schudden om hem eruit te krijgen. Ze kreeg een complete paniekaanval!

'Je maakt het alleen maar erger! Nu zit hij helemaal vast. Doe even relaxed en ga zitten!' zei ik terwijl ik een tissue pakte en mijn hand al naar haar hoofd uitstak.

'BLIJF VAN ME AF!!' gilde ze. 'Ik hoef geen TWEE vieze WEZENS in mijn mooie haar!'

'Doe toch niet zo KINDERACHTIG!' zei ik. 'Ik haal alleen even die tor eruit. Kijk maar.'

IK HAAL DE TOR UIT MACKENZIES HAAR

'Dat is zo SMERIG! Doe hem weg!'

'Geen dank, hoor!' zei ik, terwijl ik haar boos aankeek.

'Hmpf! Denk maar niet dat ik je bedank! Het is JOUW schuld dat er een tor in mijn haar zat! Die komt vast uit die ellendige douches die ik moest schoonmaken.'

Plotseling sloeg ze haar armen over elkaar en kneep ze haar ogen tot spleetjes.

'Of misschien heb JIJ hem in mijn haar gedaan om mijn reputatie te ruïneren! Je wilt zeker dat iedereen denkt dat mijn huis vol smerige insecten zit. Alweer.'

'Volgens mij lekt je lipgloss je hersenen in, MacKenzie! Dat is belachelijk!'

'Hoe kun je zo'n vieze TOR in mijn haar doen? Ik word al kotsmisselijk als ik eraan denk. GADVER!!'

Toen sloeg ze haar hand voor haar mond en mompelde iets. Maar ik verstond er niets van...

IK PROBEER TE VERSTAAN WAT
MACKENZIE ZEGT!

We hadden dan wel Frans, maar dit klonk helemaal niet Frans!

Toen ik EINDELIJK begreep wat ze zei was het al TE LAAT.

Wanhopig rende ze naar de prullenbak voor in de klas.

Maar helaas haalde ze het NIET.

Ik kon NIET geloven dat MacKenzie Hollister, KONINGIN van de MPM's, zomaar overgaf terwijl de HELE klas toekeek!

Het was net als bij een ernstig auto-ongeluk! Ik wilde haar ECHT NIET helemaal onder de kots zien zitten! ☹ Maar toch kon ik mijn ogen niet van haar afhouden! ☺

Ik had haar nog nooit ZO zielig gezien. ZO vernederd. ZO kwetsbaar. ZO, eh... GOOR!

Ik voelde ineens zo'n sterke, overweldigende emotie dat ik er zelf van schrok.

Nog NOOIT in mijn HELE leven had ik zo veel MEDELIJDEN met iemand gehad!

ARME CONCIËRGE CHUCK!!
HIJ HEEFT ECHT SMERIG WERK!

Het leek zo onrechtvaardig dat HIJ de verschrikkelijke smeerboel van MacKenzie moest opruimen.

Soms is het leven echt NIET EERLIJK!! ☹

Maar hij nam zijn werk heel serieus, want hij deed zelfs zo'n papieren kapjesgeval voor zijn mond, net als een arts bij een operatie.

Dat was waarschijnlijk vanwege de ongezonde en overvloedige... STINKZOOI!

Hoe dan ook, onze leraar Frans stuurde MacKenzie meteen naar de administratie zodat ze haar ouders kon bellen en ziek naar huis kon gaan.

En in plaats van les te krijgen in ons stinkende, besmette lokaal moesten wij naar de bibliotheek om daar rustig Franse woordjes te gaan leren.

Wat mij PERFECT uitkwam, want nu kon ik verder met mijn speciale project voor de Nationale Bibliotheekweek later deze maand.

Mijn BFF's Chloë en Zoey en ik hebben in september een boekenactie gehouden, en dat was een GIGANTISCH succes.

Dus nu willen we een nog grotere actie houden tijdens de Nationale Bibliotheekweek!

We gaan ook naar een boekenfestival in New York en zullen daar een paar van onze favoriete schrijvers ontmoeten. IEIEIEIEIEIE!!!

Maar goed. Ik kan niet geloven dat MacKenzie ECHT denkt dat ik die tor in haar haar heb gedaan!!

Helaas voor haar is iedereen in onze klas nu al aan het RODDELEN over wat er is gebeurd.

Een meisje had haar mobieltje in haar hand. Ze liet hem aan een jongen zien en toen begonnen ze als gekken te giechelen.

Misschien stuurde ze wel een berichtje rond aan de HELE school!

Maar het is allemaal MacKenzies eigen schuld!!

Ze stelde zich ENORM aan en FLIPTE zelfs nog toen ik mijn hulp al aangeboden had.

MacKenzie is echt zo'n BRAAKSELQUEEN!

OEPS! Ik bedoelde...

DRAMAQUEEN!

Sorry hoor, MacKenzie!!

!!

DONDERDAG 3 APRIL

Ik ben ZO boos dat ik bijna niet kan schrijven!! ☹ Ik stond gewoon bij mijn locker toen MacKenzie ineens op mijn schouder tikte en snauwde: 'Waarom hang JIJ hier toch altijd rond? ALSJEBLIEFT! Ga toch gewoon weg!'

'Sorry, maar ik hang hier rond omdat mijn locker vlak naast de JOUWE is. Helaas!' zei ik, terwijl ik met mijn ogen rolde.

'Ik kan nog steeds niet geloven dat je die tor in mijn haar hebt gedaan! Ik praat NOOIT meer met je!!'

'Wat jij wilt, MacKenzie,' mompelde ik, terwijl ik in gedachten aftelde tot ze weer zou beginnen te wauwelen. Vijf... vier... drie... twee...

'Jij bent gewoon BOOS omdat ik verklapt heb dat Brandon je alleen maar kuste vanwege een WEDDENSCHAP om een pizza! En nu roddelt iedereen daarover. Dus om me terug te pakken DEED JE ALSOF je geblesseerd was bij gym, zodat IK straf zou krijgen...'

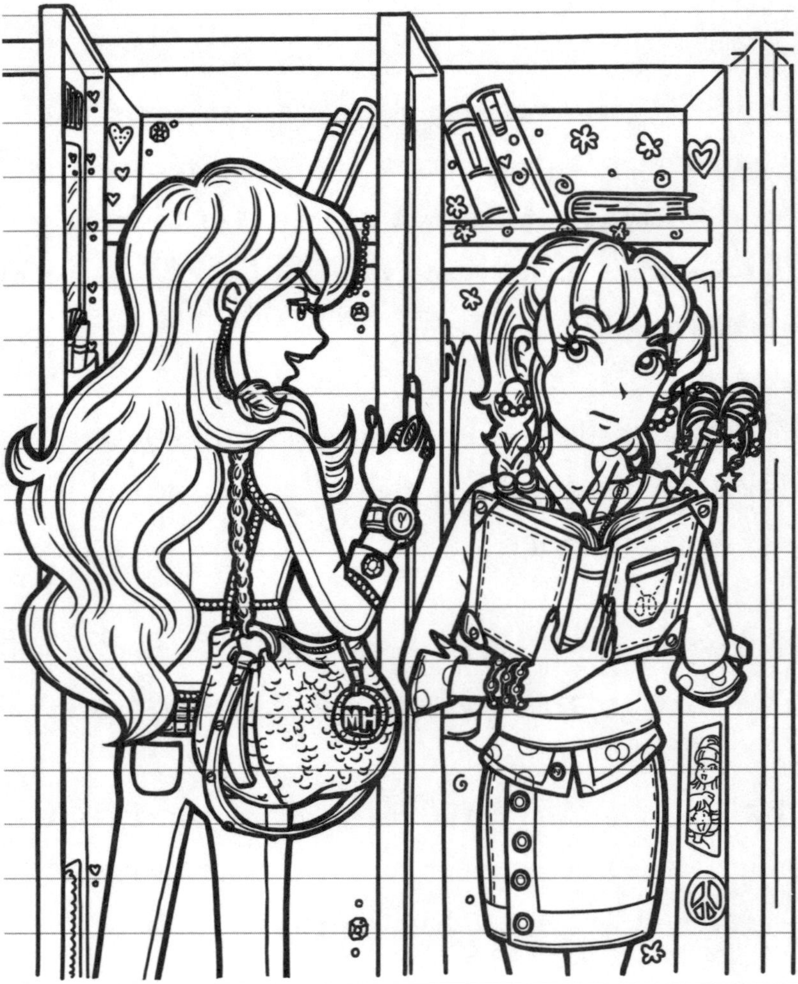

'JE BENT GEWOON EEN ZIELIGE NEPPERD, NIKKI!'

Sorry, maar ik had schoon genoeg van de flauwekul die die tuthola me onder de neus wreef! Dus ging ik recht voor HAAR neus staan en zei...

'Serieus, MacKenzie? Vind je MIJ een NEPPERD? Is deze BLAUWE PLEK soms NEP? Ik dacht het niet! Het enige wat hier nep is zijn JOUW slechte haarextensions en je ordinaire spraytan!!'

IK LAAT MACKENZIE MIJN BLAUWE PLEK ZIEN

'Arm kind! Dus ik moet me schuldig voelen terwijl ik je juist een grote GUNST heb bewezen?' snauwde MacKenzie. 'Dat schattige blauwe plekje leidt de aandacht af van je lelijke gezicht!'

'Eh, MacKenzie, heb je JOUW gezicht de laatste tijd wel eens gezien? Wat voor make-up heb je vanochtend gebruikt? Schilderen op nummer?'

'Daar zou ik maar niet over beginnen. Mijn lipstick kostte MEER dan jouw complete lelijke outfit. HAAT me niet omdat ik MOOI ben!'

'Misschien kun je die chique lipstick van je beter OPETEN. Dan word je MISSCHIEN nog mooi VANBINNEN!' zei ik.

Toen begon MacKenzie ineens SUPERserieus naar mijn voorhoofd te staren.

'Ik maak me echt zorgen over die blauwe plek, Nikki. Het lijkt wel of je voorhoofd wegrot. Ik ga even wat verband voor je halen. Wacht hier maar op me, oké, popje?'

Maar ik wist al wat er omging in die VERKNIPTE hersentjes van haar...

MACKENZIE VERBINDT MIJN BLAUWE PLEK!

Als ze klaar met me was zou ik eruitzien als een... verschrikkelijk toegetakelde... tiener... eh... MUMMIE!

En ik was niet van plan me publiekelijk door MacKenzie voor PAAL te laten zetten! Alweer!

Het was al erg genoeg dat ze een gemene roddel over me verspreidde. Maar nu was ik bang dat ze ook nog mijn vriendschap met Brandon ging verpesten.

Terwijl ik kokend van woede over alles wat ze me had aangedaan mijn boeken uit mijn locker haalde, werd ik WEER op mijn schouder getikt!

HEEL FIJN!! ☹ Het laatste wat ik op dat moment kon gebruiken was een nieuwe ronde beledigingen van MacKenzie. Mooi dat ik haar NIET mijn blauwe plek liet verbinden!

En toen ging ik helemaal uit mijn plaat! Het liefst zou ik dat verband door haar strot duwen! Maar omdat ik niet in geweld geloof, besloot ik haar BOT maar toch vriendelijk de waarheid te zeggen...

IK BEN HET SPUUGZAT DAT JIJ ME HET LEVEN ZUUR MAAKT! KRUIP TERUG ONDER JE STEEN EN LAAT MIJ MET RUST. OKÉ?
?!
TIK! TIK!
BRANDON

OMG!! Toen ik me omdraaide en zag dat het Brandon was, schrok ik me KAPOT!!

Zijn mond viel open en hij keek gekwetst. Ik was zeker in shock of zo, want toen ik probeerde uit te leggen waarom ik dat gezegd had kon ik niets anders uitbrengen dan...

We stonden daar maar. Heel ongemakkelijk. En we leken elkaar wel een EEUWIGHEID aan te staren!

'Oké, Nikki. Als dat is wat je echt wilt,' zei hij ten slotte zacht. 'Ik ben zeker te ver gegaan toen ik dit weekend... je weet wel. Hoe dan ook, ik moet je mijn excuses aanbieden. Het spijt me echt.'

'WAT? Ik wil helemaal geen excuses, Brandon! Ik wil eigenlijk zeggen dat ik een grote fout heb gemaakt. IK moet juist zeggen dat het me sp–'

'Een fout? Echt? Was het voor jou alleen een fout?'

'Natuurlijk was het een fout. Zoiets zou ik echt nooit expres doen. Het was een vlaag van verstandsverbijstering en het spijt me dat het gebeurde. Maar het zal NOOIT meer gebeuren, dat beloof ik. Dat had je NIET verdiend.'

Brandon keek nog gekwetster dan daarvoor.

Het leek bijna alsof hij geen woord begreep van wat ik zei.

Na nog een lange stilte haalde hij diep adem en slaakte een verdrietige zucht. 'Ik weet echt niet wat ik moet zeggen...'

'Je hoeft helemaal niets te zeggen, Brandon. Ik was heel erg boos. En het klinkt misschien gek, maar ik dacht dat je iemand anders was.'

'Ik weet dat ik niet helemaal eerlijk tegen je ben geweest. Maar ik bedoelde er niets verkeerds mee. Niet boos op me zijn, oké?'

'Je begrijpt het niet! Ik was juist boos op –'

'Ik begrijp het WEL, Nikki, en ik wil dat je gelukkig bent. Dus dan laat ik je nu met rust, als dat is wat jij echt wilt.'

Hij veegde zenuwachtig zijn warrige haar uit zijn ogen en keek op zijn horloge.

'Maar goed, volgens mij moeten we nu ALLEBEI naar de les. Later.' Toen stak hij zijn handen in zijn zakken en liep snel weg...

IK SNAP TOTAAL NIET WAT ER TUSSEN MIJ EN BRANDON IS GEBEURD! ☹

NIET. IN. PANIEK. RAKEN!!!

Heb ik echt PER ONGELUK tegen Brandon gezegd dat ik het spuugzat ben dat hij me het leven zuur maakt en dat hij weer onder zijn steen moet kruipen?

Ja dus! Volgens mij heb ik dat ECHT gezegd!!

Oké... PANIEK!!!

AAAAAAAAAAAAAAHHHH!!! ☹

(Dat was ik, terwijl ik gilde!)

OMG! Wie DOET nou zo tegen zijn geheime liefde?

Ik zuchtte, zakte tegen mijn locker in elkaar en vocht tegen tranen van frustratie.

Terwijl de onzekerheid als een donderwolk boven mijn hoofd hing, bedacht ik wat ik zou kunnen doen:

1. Het gewoon van me afzetten en naar meetkunde gaan, want ik had over twee minuten een toets (waar ik nog voor moest leren)! ☹

2. Brandon overal op school stalken en sorry blijven zeggen totdat hij me eindelijk vergeeft en we weer vrienden zijn.

3. Naar de meisjes-wc's rennen, mezelf in een hokje opsluiten en daar gaan zitten flippen tot Chloë en Zoey me komen redden (ALWEER!).

4. In mijn locker kruipen, de deur dichtslaan en daar blijven MOKKEN tot de laatste schooldag, of tot ik STERF van de honger!

Ik ben de SLECHTSTE! VRIENDIN!! OOIT!!!

En ik ~~VREES~~ WEET DAT BRANDON ME NU HAAT!!

VRIJDAG 4 APRIL

Vandaag hadden we vanwege een studiemiddag maar een halve dag school. Daardoor kreeg ik geen kans om met Chloë en Zoey te praten over mijn aanvaring met Brandon van gisteren.

Gek genoeg vind ik het vandaag nog erger dan gisteren, geloof ik. Kun je nagaan!

Ik liep een paar keer langs Brandons locker in de hoop met hem te kunnen praten, maar hij was er steeds niet.

Dus nu begin ik te denken dat hij me ontloopt. Als ik hem was, zou ik mezelf ook ontlopen!

Ik wil zo graag geloven dat MacKenzie die stomme roddel over de pizzaweddenschap verzonnen heeft – maar stel dat het helemaal (of half?) WAAR is? ☹

Het slaat allemaal nergens op! Dus ondanks het gedoe met Brandon gisteren beschouw ik hem nog steeds als een echte vriend. Dat verdient hij.

De Brandon die ik ken zou NOOIT van zijn leven zo'n weddenschap aangaan. En ik WEIGER me nog langer door die gedachte te laten OBSEDEREN.

Maar goed, na school zat ik aan mijn biologiehuiswerk toen mijn lastige zusje Brianna zingend mijn kamer binnenhuppelde.

'Ik heb een verrassing! Ik heb een verrassing!'

Ze stak haar hoofd over mijn schouder om te kijken wat ik aan het doen was.

'Wil je niet weten wat het is?' vroeg ze.

'Nee,' antwoordde ik onverschillig en ik las door.

'Nou, ik ga het je toch laten zien!'

En toen knalde Brianna grijnzend een viskom op mijn biologieboek. Het water spetterde alle kanten uit. Mijn huiswerk was totaal doorweekt!

BRIANNA MORST WATER OP MIJ EN MIJN HUISWERK!

'Brianna!' gilde ik. 'Wat doe je nou? Mijn boek en mijn huiswerk zijn kletsnat! Ga weg!'

Ik keek nog eens goed naar de viskom en zag dat er een goudvis in zat.

'Waar komt DIE nou vandaan?'

'Van de juf!' antwoordde ze. 'IK mag van haar op Rover de klassenvis passen, het hele weekend! We gaan samen allemaal leuke dingen doen, want we zijn elkaars beste vriendjes!'

Ik kon alleen maar mijn hoofd schudden.

'Zeg, volgens mij moet je een beetje voorzichtiger met hem doen. Je bent toch verantwoordelijk voor hem? Je had die viskom wel kunnen breken!'

'Verantwoordelijk? Wat betekent dat?' vroeg ze.

'Eens zien... hoe leg ik dat uit in Dora-taal?' Ik tikte nadenkend tegen mijn kin. 'Neem mama als voorbeeld. Mama geeft jou eten, brengt je naar school, zorgt voor je als je ziek bent en let erop dat je altijd veilig bent. Dat is verantwoordelijk voor jou zijn.'

'O! NU begrijp ik het! Ik moet Rovers mama zijn!' zei ze enthousiast.

'Ja, zo ongeveer,' zei ik. 'Ga maar naar je kamer met hem en lees hem een verhaaltje voor. Ik wil geen water meer op mijn huiswerk.'

'Okidoki!' antwoordde ze en ze tilde haar viskom op. 'Je mama gaat je haar slaapkamer laten zien, Rover!'

Ik was blij dat ze die vis had, want ik dacht dat die haar wel bezig zou houden, zodat ik geen last van haar had.

Maar een kwartier later kwam ze mijn kamer alweer binnenhuppelen.

'Waar is Rover?' vroeg ik.

'Die neemt een lekker schuimbad,' antwoordde ze.

'WAT? Zei je nou SCHUIMBAD?!' gilde ik.

'Ja. Er hing zo'n vissige geur om hem heen, dus dacht ik dat ik hem maar in een lekker warm schuimbad moest stoppen. Dat zou mama toch ook doen?'

'Serieus, Brianna? Rover is een VIS! Hij HOORT vissig te ruiken!'

'Nou, hij ruikt NU niet meer vissig. Kom maar ruiken! Ik moet hem nu uit bad halen. En hem drogen met jouw föhn. Doei!'

O... VERDORIE! Ik sloeg met een zucht mijn boek dicht. Tot zover mijn huiswerk!

Ik rende de overloop over en ging in de badkamer kijken hoe het met die arme Rover was.

En ja hoor, precies waar ik bang voor was.

Hij zat helemaal onder de zeep en het schuim en hij DREEF in de wastafel!

Brianna liet er nog meer water in lopen...

BRIANNA DOET HAAR GOUDVIS IN BAD!

'OMG! Je hebt dus echt je goudvis in een warm schuimbad gestopt? Ben je gek?!' riep ik uit. 'Brianna, je hebt dat arme beest gekookt!!'

'Waar heb je het over? Rover vindt het juist heerlijk. Moet je zien hoe relaxed hij is!'

Brianna hield de dode vis onder mijn neus. Ik ging bijna over mijn nek.

'Hij is ALLESBEHALVE relaxed!' zei ik tegen Brianna. 'Hij beweegt niet omdat hij... DOOD is!'

'Ik ben zijn mama, jij niet! En ik zeg dat hij slaapt! Dus!' zei ze, en ze stak haar tong naar me uit.

Maar toen ze vroeg of Rover MIJN tandenborstel mocht lenen zodat ze samen hun tanden konden poetsen als het bedtijd was, had ik genoeg gehoord!

Er moest duidelijk iets gedaan worden. Als ik haar zelf achter de waarheid liet komen, zou ze de rest van haar leven therapie nodig hebben. Maar papa was ook niet zo goed in dit soort dingen. Hij zou de arme Rover vast gewoon door de wc spoelen, wat nog traumatischer voor Brianna zou zijn. Ik besloot de dode-vistoestand morgenavond met mama te bespreken, als ze terug is van haar bezoek aan oma.

Soms is het echt een uitdaging om een GESTOORD zusje te hebben!! ☹!!

ZATERDAG 5 APRIL

'Mam, weet jij van Brianna's goudvis, Rover?' vroeg ik.

'Ja! En ik vind het een mooie kans om te leren omgaan met verantwoordelijkheid,' zei ze glimlachend.

'Nou, gisteravond dreef hij op zijn rug in de wastafel,' riep ik uit. 'In een schuimbad!'

Mama zuchtte diep en wreef over haar slapen.

'Brianna, Brianna, Brianna...' mompelde ze afgemat. 'Wat moet ik toch met dat kind?'

'Ze geloofde het niet toen ik zei dat Rover dood was, mam. Ze houdt van die vis alsof het haar eigen baby is! Ze krijgt vast een trauma als ze eindelijk doorheeft dat ze hem in een schuimbad heeft gekookt.'

Ik weet nog dat ik ook een goudvis had toen ik zo oud was als zij. Hij heette Meneer Visstick.

Alle kinderen in mijn klas namen hun huisdier mee naar school voor hun spreekbeurt, dus dat wilde ik ook.

Ik stopte Meneer Visstick in een doosje met gaatjes erin zodat hij genoeg lucht kreeg, en droeg hem naar school.

Je kunt je wel voorstellen wat ik zag toen ik dat doosje opendeed!

'Het wordt een treurige toestand als Brianna doorkrijgt hoe het echt zit. Ik wou dat het anders kon,' zei mama hoofdschuddend.

Plotseling lichtten haar ogen op.

'Ik heb een idee! En als we opschieten, kunnen we er nog zijn voordat ze om negen uur dichtgaan!'

Ik keek op de klok en toen weer naar haar. Het was 20.43 uur.

Normaal gesproken stond ze nu te zeuren dat ik mijn huiswerk moest afmaken en naar bed moest gaan.

'Ik snap het niet! WAAR gaan we heen?' vroeg ik.

'Schiet op!' riep ze terwijl ze haar jas greep. 'Ik leg het in de auto wel uit.'

MAMA NEEMT MIJ MEE OP EEN GEHEIME MISSIE!

We stapten snel in en ze gaf plankgas.

'Eh, MAM, kun je niet... LANGZAMER?'

'Dat gaat niet! Over tien minuten zijn ze dicht!' riep ze terug.

De rest van de rit ging in een waas aan me voorbij.

Voor ik het wist stonden we midden op het lege parkeerterrein voor Dieren & Zo. Net toen we uitstapten, zagen we een winkelmedewerker de deuren op slot doen.

'Dat. Kan. Niet. Waar. Zijn!' gilde mama. 'We hebben nog een dikke zes minuten! Ze mogen niet eerder dichtgaan!'

Ze sprong de auto uit en stormde naar de deur van de dierenwinkel. Ik holde achter haar aan.

Binnen stond een werknemer de vloer te vegen. Hij zag ons wel staan, maar negeerde ons gewoon. Toen rolde hij met zijn ogen en keerde ons de rug toe.

'HÉ!!' Mam bonkte met haar vuist op de glazen deur. **'JULLIE GAAN PAS OM NEGEN UUR DICHT! WE HEBBEN NOG VIJF MINUTEN! DOE OPEN!!'**

MIJN MOEDER EN IK PROBEREN EEN GESLOTEN WINKEL BINNEN TE KOMEN!!

De winkeljongen keek supergeïrriteerd. Hij mompelde iets wat ik – waarschijnlijk gelukkig – niet kon verstaan en ging door met vegen.

Dus bleef mam maar op die glazen deur bonken. Ik hoopte maar dat ze hem niet in miljoenen stukjes zou breken! Ten slotte liet de jongen de bezem vallen, draaide de deur van het slot en stak zijn hoofd naar buiten om ons boos aan te kijken.

'Als de deuren op slot zijn, is dat een teken dat de klanten moeten ophoepelen!' snauwde hij tegen mam. 'We zijn dicht, mens! Pech gehad!'

Hij wilde de deur alweer dichtgooien, maar mam zette haar voet ertussen.

'Luister,' gromde ze, terwijl ze haar vinger voor zijn gezicht heen en weer zwaaide. 'Wij zitten thuis met een dode-goudvisdrama, dus mijn humeur is NIET best! JIJ gaat ons nu binnenlaten zodat we een nieuwe kunnen kopen, want ik doe GEEN vissenbegrafenissen meer! Enig idee hoe traumatisch een vissenbegrafenis voor een kind is? NOU? ENIG IDEE?'

'N-nee, mevrouw!' stotterde de jongen nerveus, met ogen zo groot als schoteltjes.

Hij dacht vast dat we uit een gekkenhuis waren ontsnapt of zo!

'Inderdaad! Je hebt GEEN idee!' ging mam verder. 'Dus laat ons erin! Anders ga ik linea recta naar het landelijke hoofdkwartier van Dieren & Zo om over jouw belabberde service te klagen! Is dat duidelijk, jongeman?'

'HEEL duidelijk, mevrouw!' zei hij met een namaakglimlach op zijn gezicht. 'Komt u binnen!'

'Hmpf!' Mijn moeder stak haar neus in de lucht en liep de winkel in alsof ze de eigenaar was. Ik holde achter haar aan.

Ik moet toegeven dat het best leuk was om te zien hoe ze die loser van een verkoper uitfoeterde!

We zochten in alle aquaria naar Rovers tweelingbroer, maar zonder succes.

Maar toen we het al bijna wilden opgeven zag ik, verstopt achter een kasteeltje, een vis die precies even groot en oranje was als Rover.

DE GOUDVIS EN IK MAKEN KENNIS MET ELKAAR!

Mam en ik waren zo blij dat we eindelijk onze vis gevonden hadden dat we elkaar een high five gaven.

Toen zij de gloednieuwe Rover afrekende, zag ik bij de voordeur een poster hangen van een wedstrijd waarmee je hondenvoer kon winnen.

Natuurlijk dacht ik meteen aan Dierenasiel de Vrolijke Viervoeters, waar Brandon als vrijwilliger werkt! Daar zouden ze een jaar gratis hondenvoer heel goed kunnen gebruiken. En wie weet, misschien zou ik wel winnen!

Met het geld dat ze op voer bespaarden zou Brandon nog MEER dakloze dieren kunnen opvangen. Daar zou hij ZO blij van worden! Ik kreeg een brede grijns op mijn gezicht toen ik alleen maar aan hem dacht.

Ik voelde ineens hoeveel onze vriendschap voor me betekende. Dus besloot ik dat ik hem in de auto op weg naar huis een dikke vette sorry zou appen.

Ik vulde Brandons naam en adres in op het formulier, gaf er een kus op die geluk moest brengen en liet het in de grote bak met inzendingen vallen.

Toen ik bij de deur op mijn moeder stond te wachten, zag ik een SUPERknappe jongen de winkel naast de dierenwinkel uit komen. Alleen was het niet ZOMAAR een SUPERknappe jongen...

HET WAS BRANDON?!!

En hij had een PIZZA bij zich!

Maar niet ZOMAAR een pizza!

Het was een QUEASY CHEESY-AFHAALPIZZA!! ☹

Mijn mond viel open en ik drukte mijn neus tegen de ruit om ongelovig naar hem te staren.

Toen gilde ik: 'NEEEEEEE!!!'...

Maar dat deed ik alleen in mijn hoofd, zodat niemand het kon horen.

Toen ik Brandon om de hoek zag verdwijnen, voelde ik de moed in mijn sneakers zakken en mijn hart op de vloer uiteenspatten.

Oké. NU begon ik bang te worden dat de roddel TOCH waar was!

En dat betekende ook dat ik mezelf een heel moeilijke en misschien zelfs hartverscheurende VRAAG moest stellen over die KUS...

Zouden Chloë en Zoey weer zo BOOS op Brandon worden dat ze gingen DREIGEN hem in elkaar te trappen, net zoals op het Valentijnsfeest in februari?

OMG! Dat was een KRANKZINNIG fiasco! Vooral toen Chloë helemaal over de rooie ging en in haar chique baljurk de Karate Kid ging uithangen! Natuurlijk wilde ik DOLGRAAG antwoord op nog een paar andere vragen. Had Brandon:

1. me alleen gekust vanwege een WEDDENSCHAP om een gratis pizza, zoals MacKenzie beweerde?

2. me alleen gekust omdat hij geld wilde helpen inzamelen voor de arme kinderen op de wereld?

of

3. me gekust omdat hij iets MEER dan een goede vriendin in me zag?

Ik was ineens ZO in de war! Ik kende Brandon duidelijk lang niet zo goed als ik had gedacht.

Hoe dan ook, toen mijn moeder en ik eindelijk thuiskwamen, lag Brianna al te slapen.

We slopen op onze tenen Brianna's kamer binnen om de vissen te verwisselen.

Toen we weggingen, zag ik de nieuwe Rover vrolijk rondjes zwemmen.

Missie. Volbracht!!

Toen was ik zo moe van het hele Brandon-drama dat ik meteen naar bed ging.

Maar daar lag ik alleen naar het plafond te staren en te piekeren over wat er fout was gegaan tussen ons.

Dus ging ik maar in mijn dagboek schrijven.

Plotseling begreep ik precies waarom Brandon op donderdag zo in de verdediging schoot en afstand leek te willen nemen.

Hij voelde zich waarschijnlijk SCHULDIG!

Of misschien wilde hij gewoon meer tijd voor MacKenzie hebben.

En dat vind ik best! Juffrouw VEDETJE en meneertje WEDJE verdienen elkaar gewoon!

Ik ben echt helemaal KLAAR met Brandon!

Voor mijn part STIKT hij maar lekker in die achterlijke pizza!

Ik wil gewoon deze krankzinnige emotionele achtbaan UIT!

☹!!

ZONDAG 6 APRIL

Brianna sloop mijn kamer in toen ik nog lag te slapen.

'BOE!' schreeuwde ze in mijn oor, en ze giechelde.

'Goedemorgen Brianna,' antwoordde ik zonder een spier te vertrekken (na honderd keer schrik ik er niet eens meer van). 'Waarom ga je niet ergens anders in je neus zitten peuteren zodat ik kan slapen?'

'Rover wil even goedemorgen zeggen!' zei ze, terwijl ze de viskom onder mijn neus hield. 'Hij is eindelijk uitgeslapen! Zie je wel?'

De nieuwe Rover zwom NOG STEEDS vrolijk in kringetjes rond. Gelukkig maar!

'En hij ruikt nog steeds lekker schoon na zijn bad,' zei ze opgewekt. 'Wil je ruiken?'

'Nee! Wat ik WIL is dat jij en Rover mijn kamer uit gaan. Alsjeblieft!' gromde ik en ik trok mijn deken over mijn hoofd.

'We gaan met de poppen spelen en tv-kijken. En daarna geef ik Rover een heerlijk ontbijtje!'

Toen Brianna 'ontbijtje' zei, hoopte ik maar dat ze hem VISVOER zou geven. En GEEN...

PRINSES SUIKERPRUIM-CORNFLAKES!!

OMG! Soms walg ik van Brianna!

Mam en ik waren bijna in de gevangenis beland wegens inbreken in een gesloten dierenwinkel.

Alleen maar omdat Brianna niet wist hoe ze voor haar stomme vis moest zorgen!

Maar één ding was duidelijk! We moesten de arme Rover weer naar school zien te krijgen voordat Brianna hem VERMOORDDE. ALWEER!

Mam belde Brianna's juf om te zeggen dat we de goudvis tot onze spijt hadden moeten vervangen.

Maar kennelijk was de Rover waar Brianna mee thuisgekomen was niet eens de originele Rover.

Haar juf legde uit dat andere kinderen voor Brianna helaas ook al zulke 'ongelukjes' hadden gehad.

Wat betekende dat de Rover die wij gekocht hadden Rover de Negende was!

Ik was echt geschokt toen ik dat hoorde.

Mam en ik waren het erover eens dat Brianna nog lang niet toe was aan een echte, levende goudvis.

Hoewel ik nog altijd van die zoutjes in de vorm van visjes kon kopen en die met een beetje badschuim in een viskom kon doen.

Zolang ze maar ondersteboven op hun rug bleven drijven (net als de oorspronkelijke Rover), zou Brianna het verschil NOOIT zien!

Maar goed, omdat Rover morgen weer naar school terug moet, heeft ze besloten dat ze een vis met armen wil kopen, zodat die met de poppen kan spelen en chocoladecupcakes met haar kan bakken.

Dus ik zei: 'Sorry, Brianna! Maar vissen HEBBEN geen armen!'

Maar zij zei: 'Welles! Ik heb er één op internet gezien en ik ben er al voor aan het sparen van mijn zakgeld!'

BRIANNA'S VIS MET ARMEN (OFTEWEL EEN ZEEMEERMIN)

Hoe dan ook, één ding is zeker!

Als Brianna haar NIEUWE vis met armen in bad doet en Prinses Suikerpruim-cornflakes voert, net zoals Rover, wordt het pas ECHT een enorme bende! Ik zeg het maar even...

Door dat hele drama met Rover vergeet ik bijna het ALLERbelangrijkste op te schrijven dat er vandaag is gebeurd!!

Ik kreeg paniekerige berichtjes van Chloë en Zoey over een idioot gerucht dat ze hadden gehoord over MIJ, Brandon, een pizza en een kus!! ☹

Natuurlijk heb ik ze ALLES verteld. Ze kwamen allebei snel naar mijn huis en we hebben er urenlang over gepraat.

Nu voel ik me veel beter. Misschien is mijn leven toch geen bodemloze put ellende!

Chloë en Zoey zijn de BESTE vriendinnen OOIT!! Ik zou niet weten wat ik zonder hen zou moeten! ☹!!

MAANDAG 7 APRIL

Vandaag hadden we weer zo'n gymles als altijd. Zinloze oefeningen, MPM's die er de kantjes vanaf liepen en een gymlerares die tegen hen schreeuwde.

Ik was nog steeds boos om het gedoe met Brandon.

'Ik kan het NIET geloven! Ik ben gewoon verraden voor een waardeloze pizza!' raasde ik.

Omdat het nog te koud was om buiten te tennissen, sloegen we binnen ballen tegen de muur.

Het was eigenlijk best therapeutisch, want ik had behoefte aan iets waarin ik alle negatieve energie kwijt kon die ik had opgekropt.

Om het bot te zeggen: ik was zo WOEST dat ik het liefst iets of iemand wilde SLAAN!

Maar het was wel positief dat mijn BFF's en ik er SUPERschattig uitzagen in onze chique tennispakjes...

IK EN MIJN BFF'S, KLETSEND EN TENNISBALLEN SLAAND IN ONZE SCHATTIGE EN CHIQUE OUTFITS!

'Ik dacht dat Brandon echt een leuke jongen was. Maar ik kende hem helemaal niet!' raasde ik.

'Rustig maar, Nikki!' zei Zoey. 'Ik weet dat de roddel waar lijkt te zijn. Maar misschien heeft Brandon die pizza van zijn zakgeld gekocht?'

'O ja? Welke IDIOOT zou nu een cent uitgeven aan zo'n waardeloze Queasy Cheesy-pizza?' vroeg ik.

'Een idioot met erg veel HONGER?' zei Chloë. 'Vorige week heb ik daar voor een prikkie een garnalenpizza gehaald.'

'Maar hij zei dat hij zijn excuses moest aanbieden, dus dan moet het wel waar zijn! En WAAROM liep hij zomaar weg toen ik wilde praten?' vroeg ik.

'Ik weet vrijwel zeker dat dat was omdat jij schreeuwde dat hij jou het leven ZUUR maakte,' zei Zoey. 'Maar ik kan me vergissen.'

'Misschien ging hij een steen zoeken. Je zei toch dat hij daar weer onder moest kruipen?' grapte Chloë.

'Oké, ik geef het toe. Dat deel was MIJN fout! Ik wil alleen zo graag weten of het waar is wat MacKenzie over de WEDDENSCHAP zei!' zei ik, en ik gaf een nog hardere mep tegen mijn tennisbal. 'Want nu zal ik NOOIT weten of mijn eerste kus alleen maar voor de GRAP was. En dat MAAKT. ME. GEK!!!'

Ik haalde woedend uit naar mijn tennisbal. We konden maar net op tijd wegduiken toen die van de muur terugstuiterde en met honderd kilometer per uur door de gymzaal vloog.

Chloë keek me met een opgetrokken wenkbrauw aan. 'GEK is veel te zwak uitgedrukt! Nikki, je SLAAT die arme tennisbal alsof je nog geld van hem krijgt!'

'Sorry!' mompelde ik.

Plotseling lichtten Zoeys ogen op. 'Hoor eens! Ik heb een idee! En ja, ik weet dat het gestoord is. Maar waarom bellen we Queasy Cheesy niet gewoon op en vragen we een kopie van Brandons kassabon? Dan kunnen we zien of hij hem zelf heeft gekocht of dat iemand hem voor hem betaald heeft vanwege een weddenschap, zoals MacKenzie zei.'

'Sorry, Zoey, maar Queasy Cheesy stuurt toch NOOIT een kassabon op naar een stel gestoorde, bemoeizuchtige meiden zoals WIJ!' gromde ik.

'Dat doen ze WEL, als ze maar denken dat de gestoorde, bemoeizuchtige meiden KLANTEN zijn!' piepte Chloë en ze deed jazzhandjes, zoals in een musical. 'We moeten gewoon doen alsof wij BRANDON zijn!'

'OMG! Dat zou best kunnen lukken,' zei Zoey opgewonden. 'We bellen ze op en zeggen dat hij zijn bonnetje kwijt is en een nieuwe nodig heeft. En dan vragen we of ze een kopie willen appen.'

'Zijn jullie GESTOORD?' schreeuwde ik zo'n beetje tegen mijn BFF's. 'We kunnen niet doen alsof we Brandon zijn! Dat is toch zeker tegen de wet?'

En toen gaven Chloë en Zoey elkaar 'de blik'.

IK VERDENK CHLOË EN ZOEY ERVAN DAT ZE MIJ PROBEREN TE MANIPULEREN!

En ik wist uit ervaring dat 'de blik' inhield dat ze zouden proberen mij OVER TE HALEN tot iets wat ik NIET wilde doen!

Ik HAAT het om gemanipuleerd te worden!! ☹

'Oké, Nikki. Laat maar zitten dan!' zei Zoey. Ze keek ineens alsof ze zich ontzettend verveelde en liet haar bal op haar racket stuiteren. *STUITER. STUITER. STUITER. STUITER.* 'Als jij tot aan je DOOD wilt blijven twijfelen of je eerste kus er één uit WARE LIEFDE was, moet je het zelf maar weten!'

Chloë gaapte en pulkte aan haar nagels. 'Tja, Nikki, en als je straks oud en eenzaam bent, kun je je altijd nog bezighouden met de vraag of Brandon zijn pizza van zijn eigen geld heeft gekocht of bij een weddenschap heeft gewonnen. Geld of wedje. Geld of wedje. Geld of –'

'Oké, jongens! HOU OP!! Hou daarmee OP!' gilde ik.

Helaas begon dat GEMANIPULEER van hen al te werken.

Zoals gewoonlijk.

'Ik begrijp wat jullie bedoelen,' zei ik. 'Dit gedoe kan me de rest van mijn leven blijven achtervolgen. Ik wil WEL achter de waarheid zien te komen. Maar ik wil er NIET voor in de gevangenis belanden. En, het belangrijkste, ik gun MacKenzie niet de voldoening van het VERPESTEN van mijn eerste kus! Eigenlijk wil ik dus zeggen dat ik enorm blij ben met jullie hulp, meiden.'

We gaven elkaar blij een drievoudige boks, als symbool voor onze solidariteit als BFF's en voor ons besluit om de waarheid achter de roddel te ontdekken.

'Oké, ik ben vooral bang dat Queasy Cheesy ons niet gelooft,' zei ik. 'WAAROM zou Brandon ineens een kopie nodig hebben van een pizzabonnetje van twee dagen geleden?'

'Tja, ik weet het niet. Misschien voor, eh... fiscale doeleinden?' zei Zoey.

'Fiscale doeleinden? Dat klinkt ECHT serieus,' zei ik, terwijl ik diep in gedachten tegen mijn kin tikte. 'Weet je, Zoey? Dat zou best kunnen werken!'

'Dat denk ik ook! Het is briljant! Geniaal!' zei Chloë opgewonden. 'Eh... wat betekent "fiscale doeleinden"?'

'Eerlijk gezegd heb ik geen flauw idee.' Zoey haalde haar schouders op. 'Maar als mijn ouders een bon of belangrijke papieren kwijt zijn, krijgen ze altijd nieuwe als ze zeggen dat ze die voor fiscale doeleinden nodig hebben.'

'Ja, ik heb mijn ouders dat smoesje ook wel eens horen gebruiken,' zei ik. 'Werkt als een zonnetje!'

'Wow! Dat ga ik ook proberen als ik de volgende keer een toets verknal!' gniffelde Chloë. 'Dan zeg ik tegen de leraar dat ik het toetsblaadje met het slechte cijfer kwijt ben en een nieuwe nodig heb voor fiscale doeleinden. Herkansen voor fiscale doeleinden doet vast wonderen voor mijn cijfers.'

'Sorry, Chloë, maar ik denk niet dat het tegen slechte cijfers helpt,' giechelde Zoey.

'Proberen kan altijd!' grijnsde Chloë.

'Hoe dan ook, volgens mij moeten we bellen vanuit de bibliotheek, zodat het officiëler lijkt. Dan wimpelt Queasy Cheesy ons niet zo snel af omdat we geen volwassenen zijn,' legde Zoey uit.

'Waarom bellen we niet morgen tijdens de lunch?' stelde ik voor. 'Op dinsdag rond lunchtijd is er bijna nooit iemand in de bibliotheek.'

Chloë stond erop dat zij zou bellen en doen alsof ze Brandon was. Omdat zij de meeste tienerboeken over knappe hunks gelezen heeft, dacht ze dat ze 'echt in hun hoofd kon kruipen'.

Wat dat ook betekent!

We besloten ook dat de bon naar Zoeys mobiel geappt moest worden, want die heeft beter bereik in de bibliotheek dan die van Chloë en mij.

Het zou mijn taak zijn om bij de administratie drie pasjes voor bibliotheekassistenten te gaan halen, zodat we tijdens de lunch uit de kantine weg konden om naar de bibliotheek te gaan.

En ja! Ik voel me best schuldig dat ik die pasjes ga halen terwijl we niet van plan zijn om boeken terug te zetten.

Maar wat mij betreft is het VEEL belangrijker om Queasy Cheesy te bellen en dit hele gedoe tot op de bodem uit te zoeken.

Want eerlijk gezegd weet ik gewoon niet of ik Brandon nog kan vertrouwen.

En het idee dat er op deze manier een einde aan onze vriendschap komt, is een absolute KWELLING!!

☹!!

DINSDAG 8 APRIL

Ik ben de hele ochtend al een nerveus wrak! Nog heel even en dan weet ik of de roddel die MacKenzie over Brandon vertelt waar is.

Ik had ook een onrustig gevoel, alsof ik iets SUPERbelangrijks vergat.

Na gym raceten Chloë, Zoey en ik meteen naar de kantine om snel onze lunch op te schrokken.

We wilden net onze dienbladen wegzetten en naar de bibliotheek gaan toen me EINDELIJK te binnen schoot wat ik vergeten was.

Onze pasjes voor de bibliotheek!!! O, VERDORIE!! ☹

Helaas moesten we dus óf ons geheime plan opgeven, óf STIEKEM de bibliotheek insluipen zonder pasjes, met het risico op straf.

Hoewel ik alles verpest had, wilden Chloë en Zoey nog steeds PER SE bellen.

Maar de moeilijke missie om stiekem de kantine uit te sluipen werd ineens ONMOGELIJK toen...

DIRECTEUR WINSTON ZIJN ACHTERSTE ZOWAT OP ONZE TAFEL PARKEERDE EN DAAR EEN EEUWIGHEID BLEEF STAAN!! ☹

Natuurlijk durfden we toen niets te doen. We wilden onze reputatie als rustige, ijverige en gehoorzame mutsen niet RUÏNEREN.

Ik durf te wedden dat Winston NOOIT zou geloven dat wij geregeld in de bezemkast zaten, wat strikt verboden is voor leerlingen.

Ja! Dat was ons KLEINE geheimpje! ☺

Toen ik dit aan Chloë en Zoey appte, lagen ze helemaal dubbel. Chloë appte terug dat ons GROTE geheim was dat we de bibliotheektelefoon gebruikten om mensen voor de gek te houden! ☺ En Zoey appte dat ons GIGANTISCHE geheim was dat we de jongenskleedkamer waren ingeslopen! ☺

Gelukkig voor ons slenterde Winston uiteindelijk naar de andere kant van de kantine om een stelletje voetballers vuil aan te kijken, die deden wie de meeste macaroni in zijn neus kon proppen.

We brachten snel onze dienbladen weg en glipten naar buiten... achter een stinkende vuilnisbak.

MIJN BFF'S EN IK SLUIPEN ACHTER EEN STINKENDE VUILNISBAK STIEKEM NAAR DE BIBLIOTHEEK!

Omdat we vertraging hadden opgelopen dankzij directeur Winston, hadden we in de bibliotheek minder dan drie minuten om te bellen voor we naar de volgende les moesten.

We dromden opgewonden om de telefoon heen terwijl Chloë het nummer intoetste.

'What's up, bro! Is dit Queasy Cheesy? Cool! Yo, ik ben dus Brandon en ik heb een paar dagen geleden een pizza gehaald en, gast, ik ben dus mijn bon kwijt. En ik heb die bon zeg maar echt nodig voor, eh... fiscale doeleinden. [...] Huh? Ik zei fiscale doeleinden! [...] Nee, GEEN visdraad en dolfijnen! Hé, bro, dit gaat niet om hengelen of grote zeezoogdieren, ja? Ik zei: FISCALE! DOELEINDEN! [...] Ja, dat klopt! Cool! [...] Of ik nog weet wat ik besteld heb? Natuurlijk! Niet alle jongens zijn stom. We kunnen vet veel onthouden. Ik had eh... Heb je heel even een momentje? Ik moet, eh... boeren? Zoals mannen doen, weet je wel?'

Zoey en ik krompen in elkaar.

Chloë legde haar hand op de hoorn en fluisterde paniekerig: 'Nikki, hij wil weten wat ik besteld heb! Weet jij wat Brandon had?'

'Eerlijk gezegd, Chloë, weet ik dat niet!' fluisterschreeuwde ik. 'Ik heb hem niet zien eten. Maar het zat in elk geval in de pizzadoos die hij droeg. Ik denk dat het een grote pizza was. O, bijna vergeten, hij had een flesje frisdrank boven op de pizzadoos staan.'

Chloë sprak verder in de telefoon. 'Ja, GAST! Het zit zo. Ik weet eigenlijk niet precies wat ik besteld heb, want ik heb mezelf niet zien eten. Maar het zat in elk geval in de pizzadoos die ik droeg! Ik denk dat het een grote pizza was. En ik dronk uit een flesje frisdrank dat boven op mijn pizzadoos stond. Heb je dat, bro?'

Zoey en ik rolden wild met onze ogen.

Ik was misselijk van de angst dat de Queasy Cheesy-jongen zou bedenken dat Chloë hem voor de gek hield en gewoon ophing.

Chloë ging verder. 'Dus je wilt de datum en tijd weten? Eh... natuurlijk heb ik die voor je. Maar wacht, ik moet effe spugen. Dat doen de meeste voetballers en ik voetbal echt wel veel! Zo terug!'

Het leek wel of Chloë haar verstand was verloren. Waarom zei ze van die rare dingen?

'Nikki, hij wil de datum en tijd weten!' fluisterde Chloë zenuwachtig.

'Eh, oké. Brianna heeft op vrijdag per ongeluk haar vis vermoord en op zaterdagavond gingen we een nieuwe halen. Ik zag Brandon vlak na negen uur 's avonds, vanachter de deur van Dieren & Zo. Maar alsjeblieft! Je hoeft niet alle details te vertellen, want daar heeft hij niets mee te maken.'

Chloë schraapte haar keel. 'Oké, luister, gast. Het zusje van mijn beste vriendin heeft op vrijdag haar vis vermoord en mijn vriendin ging zaterdagavond een nieuwe halen. Toen zag ik, eh... mezelf vanachter de deur van Dieren & Zo, vlak na negenen. Maar ik hoef niet alle details te vertellen, want daar heb je niets mee te maken. Heb je dat, bro? Mooi! [...] Oké, ik blijf hangen.'

Zoey en ik schudden ongelovig ons hoofd.

Ik was bang dat Chloë in de wacht was gezet zodat de bedrijfsleider de FBI kon bellen om een verdachte beller aan te geven die persoonlijke klantgegevens probeerde los te krijgen om er identiteitsfraude mee te plegen, of zo.

Het telefoongesprek zou worden herleid tot ons in de schoolbibliotheek en dan zou er een overvalsteam van negenentwintig politiemensen door de ramen springen om ons te arresteren.

Het leek allemaal een eeuwigheid te duren. Tot...

Chloe gilde: 'OMG! Je hebt het bonnetje en je gaat het doorsturen! IEIEIE!'

Toen nam ze haar valse identiteit weer aan en zei snel: 'WOW! Ik weet effe niet wat ik had. Dat was RAAR! Sorry, gast. Wat ik eigenlijk bedoelde was:

dus je hebt mijn bonnetje en je appt het? Dat is chill, bro, vet chill!'

CHLOË, ZOEY EN IK, BLIJ EN OPGELUCHT DAT QUEASY CHEESY HET BONNETJE WIL DOORSTUREN!

Chloë gaf de jongen Zoeys telefoonnummer en zei toen: 'Bedankt, gast! Helemaal tof, bro! Op naar de sterren, en daar voorbij! Later!'

Toen hing ze op en zei blij: 'Gelukt! Hij appt de kassabon nu naar Zoey!'

Ik kon niet geloven dat Chloë het echt voor elkaar had gekregen.

Ze was volkomen FLUT en HILARISCH tegelijk.

We waren ZO blij dat we een groepsknuffel deden!!! ☺

Ik heb zoveel geluk met zulke geweldige BFF's als Chloë en Zoey.

We wachtten zenuwachtig tot de app binnenkwam, en toen dat eindelijk gebeurde gaf Zoey haar mobieltje aan mij.

Mijn handen trilden gewoon toen ik Brandons kassabon bekeek...

QUEASY CHEESY
AFHAAL

'S WERELDS BESTE PIZZA
ZATERDAG, 5 APRIL 21.04

BON

1 GROTE MEATLOVERS PIZZA	$9.99
1 COLA	$1.21
BTW	$0.80
TOTAAL	$12.00
CONTANT	$0.00
QC CADEAUKAART	$12.00
WISSELGELD	$0.00

DANK U!

Ik knipperde ongelovig met mijn ogen van de schrik en las het bonnetje een paar keer.

Brandon had de pizza van Queasy Cheesy NIET contant betaald!!! ☹

En dat betekende dat MacKenzie de waarheid sprak! Hij had een cadeaukaart gebruikt! Een cadeaukaart die hij, volgens MacKenzie, gewonnen had bij een WEDDENSCHAP over MIJ!

Dat bonnetje zei me veel meer dan welke pizza Brandon had besteld.

Het zei me ook dat...

...het gerucht WAAR was!!

MacKenzie had GELIJK!!

Brandon WAS MIJN VRIEND NIET!!

En mijn eerste kus was DIKKE VETTE NEP!

AAAAAAAAAAAAAHHHH!!

(Dat was ik, terwijl ik gilde!!!!)

☹!!

WOENSDAG 9 APRIL

Vandaag had ik een afspraak met meneer Zimmerman, de schoolkrantbegeleider, over de probleemrubriek 'Wijsneus' die ik in het geheim schrijf.

Omdat deze hele week al een nachtmerrie was, verwachtte ik half dat hij me ging ONTSLAAN.

Ik stak nerveus mijn hoofd om de hoek van zijn kamer. 'Hallo, meneer Zimmerman, u wilde mij –'

'NEE! Ik wil niets!' schreeuwde hij. 'MAAK DAT JE WEGKOMT!!'

'O, het SPIJT me!' zei ik en ik wilde al weggaan.

'Wacht even, Nikki! JIJ mag wel naar binnen! Maar NIET die pubers die naar Dorito's en videogames stinken,' mopperde hij.

Meneer Zimmerman is eigenlijk een aardige docent! Hij is alleen ERG... eh, VREEMD!

Het heeft even geduurd voor ik gewend was aan zijn lichtgeraakte persoonlijkheid en het feit dat hij dagelijks minstens vijf verschillende stemmingen doormaakt. Waardoor ik nooit precies weet met welke ik te maken krijg.

Ik keek voorzichtig naar binnen en zag hem onderuitgezakt achter zijn bureau zitten, met een zonnebril op.

Zijn kamer was een bende, met overal stapels papier.

Hij gebaarde dat ik kon gaan zitten, dus liep ik verlegen naar hem toe en nam plaats.

'ALSJEBLIEFT! LOOP NIET ZO LUIDRUCHTIG!! IK HEB BARSTENDE KOPPIJN!' gromde hij.

'H-Het spijt me!' stamelde ik. 'Dat wist ik niet!'

'Dat wist je WEL! Ik ZEI het een paar tellen geleden. Ik zei: loop alsjeblieft niet zo luidruchtig, ik heb barstende koppijn. Weet je dat niet meer?'

IK PROBEER MENEER ZIMMERMAN MIJN EXCUSES AAN TE BIEDEN OMDAT IK TE LUID ~~RIEP~~ LIEP!

'Eh, goed hoor,' zei ik en toen veranderde ik snel van onderwerp. 'Ik ben hier omdat u me wilde spreken over de Wijsneus-rubriek. Ik hoop dat er geen problemen zijn?'

'Integendeel. Je probleemrubriek is juist populairder dan ooit! Je bent op weg om de volgende Oprah te worden! Ga zo door!'

Toen vertelde hij dat hij iets had geregeld om de grote hoeveelheid mail die ik krijg makkelijker te verwerken: een Wijsneus-website, ontworpen door de computerclub.

Dus nu kunnen leerlingen die raad nodig hebben óf een handgeschreven briefje in een van mijn postbussen op school doen, óf me mailen!

Dankzij meneer Zimmerman heb ik mijn bloedeigen Wijsneus-website.

Dat is gewoon geweldig nieuws. Al werd het ook hoog tijd dat er eens iets GOED ging in mijn leven.

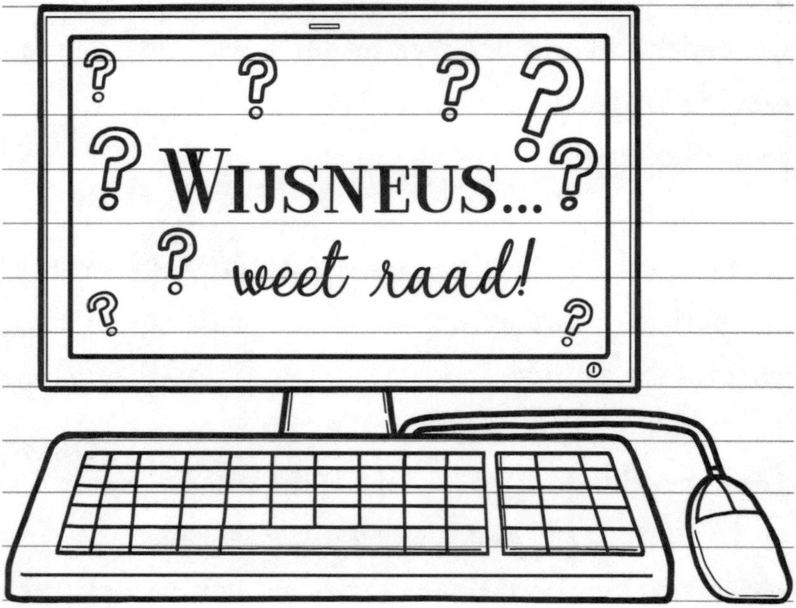

MIJN GLOEDNIEUWE WIJSNEUS-WEBSITE! ☺

Meneer Zimmerman zei dat Lauren, zijn stagiaire, de handgeschreven briefjes ook zou inscannen en mailen, zodat ze op de site werden opgeslagen.

Dat zal mijn werk VEEL makkelijker maken!

Toen haalde hij een verfrommelde Post-it uit zijn zak.

'Dit zijn de inloggegevens voor je site. Je gebruikersnaam staat op de tweede regel en je wachtwoord op de derde.'

'Dit is zeer gevoelige informatie! Bewaak het dus met je leven! En zo niet, dan ben je automatisch ONTSLAGEN!' zei hij ernstig.

'ONTSLAGEN?' Ik schrok. 'Serieus?'

'Ja, serieus! Het heeft me bijna vier uur gekost om die gebruikersnaam en het wachtwoord aan te maken! En nu kan ik mijn to-dolijstje nergens meer vinden.

Het is makkelijker en minder tijdrovend om je te ONTSLAAN dan om nog eens vier uur bezig te moeten zijn met nieuwe aanmaken. Verknal het dus niet!'

Ik wilde zeggen dat mijn gebruikersnaam en wachtwoord zo te zien zijn to-dolijstje WAREN.

Maar omdat meneer Zimmerman al zo'n zware dag had met zijn hoofdpijn en zo wilde ik niet het risico lopen hem weer boos te maken.

Dus glimlachte ik, bedankte hem en stak het briefje in mijn zak.

Toen logden we met mijn nieuwe gebruikersnaam en wachtwoord in op de site en legde hij uit hoe alles werkte.

Ik kan niet wachten om via de nieuwe site brieven te gaan beantwoorden. Het wordt leuker dan ooit om aan mijn probleemrubriek te werken!

'Verder nog iets?' vroeg hij ten slotte met een blik

op zijn Ninja Turtles-klok aan de muur.

'Volgens mij niet,' antwoordde ik. 'Maar ik wil u nogmaals bedanken voor mijn nieuwe Wijsneus-site!'

'Graag gedaan!' zei meneer Zimmerman, terwijl hij zijn zonnebril rechtzette en weer onderuitzakte in zijn stoel. 'EN NU OPHOEPELEN!! Ik heb genoeg tijd aan jou verspild! En ik moet nog STEEDS mijn zoekgeraakte to-dolijstje zoeken!'

Hoe dan ook, na ons gesprek wist ik ÉÉN ding helemaal zeker!

Die man is nog GESCHIFTER dan een pannetje melk na een dag op het strand!! ☹

Maar je moet toegeven dat hij geweldig is!! ☺

Hoe dan ook, ik ben blij dat mijn probleemrubriek het zo goed doet, al is de rest van mijn leven een totale RAMP.

OMG! Ik heb ineens een briljant idee!

Ik moet een brief aan Wijsneus schrijven!

Dan krijg ik misschien geweldig advies van MEZELF over het oplossen van mijn EIGEN problemen!

☺!!

NIET VERGETEN:

** EXTREEM BELANGRIJKE INFO!! **

Wijsneus-site:

Gebruikersnaam: 1Melkhalen

Wachtwoord: 2Yoga7uur

Bewaak dit met je leven!!

Anders word je AUTOMATISCH ONTSLAGEN!!

☹!!

DONDERDAG 10 APRIL

Ik was al vroeg op school om aan mijn Wijsneus-rubriek te werken. Dat was de perfecte afleiding van al het drama van de laatste tijd.

Ik hoopte alleen dat ik je-weet-wel niet zou tegenkomen. Na onze grote ruzie van vorige week hebben hij en ik elkaar zo'n beetje genegeerd.

Het eerste wat ik zag toen ik het redactielokaal in liep, was een groepje kinderen dat hysterisch lachte om een filmpje op een smartphone.

De jongen die het liet zien had het gekregen van een meisje dat een klasgenoot had gefilmd.

Omdat ik net zo dol ben op grappige filmpjes als iedereen, ging ik het even bekijken.

OMG! Het was zo SCHOKKEND dat ik mijn havermout er bijna uitgooide! Het was een filmpje van...

MACKENZIE HOLLISTERS PANIEKAANVAL
OM DIE TOR IN HAAR HAAR!!

Daar stond ze, bij Frans, te schreeuwen en te springen en met haar hoofd te schudden alsof ze haar verstand had verloren.

En moet je horen! Iemand had MUZIEK onder het filmpje gezet. En nu leek het alsof ze die maffe dans deed die ongeveer tien seconden een rage is geweest, de Harlem Shake!

Het was gewoon pijnlijk om te zien! ☹ Maar ik keek toch. Want het was SUPERGRAPPIG!! ☺

Als/wanneer MacKenzie ontdekt dat er zo'n AFSCHUWELIJK filmpje van haar rondgaat, krijgt ze een LEGENDARISCHE aanval.

Tien keer ZO ERG als die om die stomme tor.

Ik moet toegeven, dat filmpje is gewoon... GEMEEN!!

MacKenzie is NIET mijn favoriete persoon, maar ik heb nu echt wel MEDELIJDEN met haar! ☹

MAAR NIET HEUS!! ☺

Ja zeg, ik heb nog STEEDS een trauma van toen ze me filmde terwijl ik met Brianna op het podium van Queasy Cheesy stond te dansen en te zingen.

En het daarna OP YOUTUBE ZETTE!! ☹

EEN HEEL GÊNANT FILMPJE WAARIN IK MET MIJN KLEINE ZUSJE ZING EN DANS!

Misschien weet MacKenzie nu hoe het voelt om zo grondig VERNEDERD te worden dat je alleen nog maar een heel diep GAT wilt graven…

erin KRUIPEN…

En STERVEN!! ☹!!

Ik hoop dat ze een waardevolle les uit deze ervaring haalt.

Maar ze mag nog van GELUK spreken!

Want niemand heeft HAAR filmpje op INTERNET gezet, waar miljoenen mensen het kunnen zien.

NOG NIET!!

☺!!

VRIJDAG 11 APRIL

Lieve Nikki,

Sorry, maar volgens mij ben je iets heel BELANGRIJKS kwijt! ☺

(Naast je KNAPPE maar MUTSERIGE geheime liefde Brandon dan! En je TROTS misschien!!)

Hmm... Wat zou het zijn?

Je rugzak? Nee!
Je wiskundeboek? Nee!
Je huiswerk Frans? Nee!

Misschien iets uit die superordinaire garderobe van je?

HELAAS NIET!! De wereld zou veel mooier zijn zonder jouw AFZICHTELIJKE polyester broek!! ☹ En hoe kom je toch aan die goedkope schoenen? Laat me eens raden. GRATIS gekregen bij je McDonald's Happy Meal?

Hoe dan ook, ik zal eerst even haarfijn uitleggen hoe ik JOUW dierbaarste SCHAT in mijn poezelige handjes kreeg.

Zoals altijd stond ik precies om kwart over zes op, douchte en deed tien minuten yoga-oefeningen.

Toen nam ik een uitgebreid ontbijt met versgeperste sinaasappelsap, een halve bagel met geitenkaas en een groene smoothie, op een zilveren dienblad in mijn kamer geserveerd door mijn kamermeisje Olga.

Groene smoothies zijn trouwens onmisbaar om mijn huid zo SMETTELOOS te houden. Samen met mijn wekelijkse bezoekjes aan bruiningssalon WIJ BAKKEN JE BRUINER.

Toen moest ik kiezen met welke FENOMENALE designerlook ik vandaag de school weer ging VERBIJSTEREN...

FRIS-FRUITIGE FASHIONISTA?

ZWOEL-ZACHTE ZAKENVROUW?

OF... SPETTEREND CHIC & SCHATTIG?

Ja, ik weet het! Zoals altijd zag ik er in al mijn ensembles FABELTASTISCH uit!

Maar nadat ik ze alle drie had aangetrokken en via Skype had overlegd met mijn privéstyliste (momenteel op tournee met Taylor Swift) koos ik voor Spetterend Chic & Schattig.

Omdat papa (alweer!) in Europa zat en mama voor een extra vroege gezichtsbehandeling naar de salon was, bracht Nelson, onze chauffeur, mij naar school met onze zwarte limo.

Die trouwens GEEN plastic KAKKERLAKgeval van twee meter lang op het dak heeft zitten!!

Zoals bij SOMMIGE mensen die ik ken.

Maar echt! Hoe VERNEDEREND is dat?

Sorry, maar als ik zou moeten rondrijden in een RAMMELKAST met een gigantisch INSECT erop...

OMG! TE ERG GEWOON!!!

Ik zou mezelf BLINDDOEKEN, een KRACHTIGE POSE aannemen en Nelson BETALEN om met mijn LIMO over me HEEN TE RIJDEN.

IK, GEBLINDDOEKT, WORD OVERREDEN DOOR MIJN EIGEN LIMO

Ik zou een PAPIEREN ZAK over mijn hoofd trekken en mezelf in de Grand Canyon storten!!

IK STORT MEZELF IN DE GRAND CANYON!!

Of ik zou CHEESEBURGERS over mijn hele lichaam uitsmeren en dan bij SeaWorld in het HAAIENBASSIN springen!!!

IK STA OP HET PUNT BIJ SEAWORLD IN HET HAAIENBASSIN TE SPRINGEN!!

Dat was maar een grapje, popje!! ☺

Die GINORME plastic kakkerlak is blijkbaar een belangrijk lid van jullie gezin. JOUW kleine zusje vertelde namelijk aan MIJN kleine zusje dat hij MAX heet en jullie HUISDIER is!

Jouw familie is dus duidelijk extreem RAAR, Nikki! Ik vind het ZO erg voor MAX!

Maar goed, waar was ik? Nadat Nelson me op school had afgezet ging ik regelrecht naar mijn locker om nog wat lipgloss op te doen en...

OEPSIE! Er loopt iemand door de gang!

Dus helaas moet ik nu stoppen met schrijven.

En Nikki, je raadt NOOIT wie die 'iemand' is!!

JIJ bent het, schat. Jij en je suffe vriendinnetjes, Chloë en Zoey, en jullie giechelen en huppelen door de gang als een roedel sociaal uitgedaagde EEKHOORNS!

Je hebt duidelijk geen idee dat je geliefde DAGBOEKJE weg is. JA! Ik zei DAGBOEKJE!!

Ik kan niet wachten om je een DIKKE VETTE DRIFTBUI te zien krijgen als je het eindelijk doorhebt!

Maar voorlopig verstop ik hem nog even in mijn nieuwe designerhandtas van Verna Bradshaw die ik gisteren in het winkelcentrum heb gekocht (met 20 procent korting).

Bij de volgende les vraag ik toestemming om naar de wc te gaan. En terwijl jij dan Franse werkwoorden zit te vervoegen, ga ik je dagboek LEZEN! ☺

TOEDELS!

ZATERDAG 12 APRIL

Lieve Nikki,

Ik heb geen idee waarom je altijd urenlang in dit stomme dagboekje van je zit te schrijven.

Maar laat me eens raden! Het komt doordat je serieus EEN LEVEN nodig hebt!

Als ik mijn levenservaringen wil delen of stoom wil afblazen, praat ik gewoon met mama en papa.

Natuurlijk heeft mama het soms superdruk met al haar sociale verplichtingen en liefdadigheidswerk.

En soms heeft papa het superdruk met het opbouwen van zijn multimiljoenenzakenimperium.

Maar als mijn toegewijde ouders geen qualitytime voor me kunnen vrijmaken (en ik geef toe dat dat tegenwoordig veel te vaak gebeurt) kan ik altijd terecht bij dokter Hadley, mijn therapeut.

Hij luistert een HEEL uur geduldig naar me, zolang papa hem 480 dollar per sessie blijft betalen. EN ik mag wel TWEE keer per week als ik wil!! Hoe COOL is dat? Ik heb zo'n geluk! ☺ Niet jaloers worden, oké?

Ik heb echt MEDELIJDEN met je, Nikki, omdat jij ALLEEN je superRARE ouders hebt voor emotionele steun. En dit STOMME dagboekje.

En verder geeft niemand om je! Behalve misschien je lastige zusje Brianna. O, en Chloë en Zoey. En Marcy, Violet en Jenny misschien. En dan natuurlijk nog Theo en Marcus.

Maar Brandon? Er gaan geruchten dat hij HELEMAAL klaar met je is! ☺ Sorry, popje, maar je SCHATJE ben je kwijt.

Waarmee ik maar wil zeggen dat je HELEMAAL geen ECHTE vrienden hebt!

En intussen ben je gek van JALOEZIE omdat de MPM's zowat de grond KUSSEN waarop ik loop!!

Maar goed, ik moet even één ding heel duidelijk maken:

IK HEB JE DAGBOEK NIET GESTOLEN!

Ik ben veel te integer om zo diep te zinken. Bovendien zou papa een hele DAGBOEKFABRIEK in een of ander arm derdewereldland voor me kopen als ik er echt een wilde! Ik bedoel maar.

Meestal geeft hij me alles wat ik wil, vooral als ik anders een driftbui krijg. En mama zegt dat ik een nog grotere DRAMAQUEEN ben dan ZIJ! ☺ Ze zijn allebei ZO gek op me!

Dus gisteren was ik op weg naar mijn locker om mijn lipgloss bij te werken. Mijn stylist zegt dat je NOOIT te veel lipgloss op kunt hebben.

JIJ was net op weg naar de les toen ik getuige was van een CATASTROFALE gebeurtenis...

IK, TOTAAL IN SHOCK OMDAT JE LOCKERDEUR NIET DICHT KAN DOOR JOUW SUPERLELIJKE KOTSKLEURIGE JAS!!

Die jas van jou was zo AFZICHTELIJK dat ik er de rillingen van kreeg. Ik overwoog serieus een ambulance te laten komen.

Maar niet voor MEZELF! Ik wilde dat ze jouw kotskleurige jas zouden afvoeren naar de VUILNISBELT. Om hem daar te verbranden, ter bescherming van de volksgezondheid.

En JA, Nikki, ik heb oprecht geprobeerd je te waarschuwen voor het feit dat je mouw tussen je lockerdeur zat.

Maar door mijn ernstige allergische reactie op je jas kon ik alleen maar een zwak en schor gefluister uitbrengen, dat jij kennelijk niet hoorde.

Natuurlijk was het allemaal JE EIGEN schuld! Dat een weldenkend MENS een KOTSKLEURIGE jas naar school aantrekt, valt niet te begrijpen, uit te leggen of te verdedigen!!

Maar echt! TE ERG GEWOON...

Hoe dan ook, toen ik begon bij te komen van alle GRUWELEN die ik had moeten doorstaan, was jij alweer als een ONNOZEL konijntje vrolijk de hal door gehuppeld en verdwenen.

Toen begon ik me zoveel zorgen over je open locker te maken dat ik er een complete PANIEKAANVAL van kreeg!!

Stel dat iemand jouw boeken zou stelen? Dan leed onze school een financiële strop!

Stel dat iemand je huissleutels zou stelen? Dan stond de veiligheid van je familie op het spel!

Stel dat iemand je jas zou stelen? Dan zou diegene hem achterlaten in het bos, zodat een zwangere zwerfkat er haar kittens op kon werpen!

Dus, Nikki, ondanks het feit dat ik eigenlijk DE PEST AAN JE HEB (grapje, popje ☺) besloot ik mijn verantwoordelijkheid te nemen en maatregelen te treffen om je waardevolste en dierbaarste persoonlijke bezit te beschermen.

IK CONFISQUEER HELDHAFTIG JOUW DAGBOEK VOORDAT HET WORDT GESTOLEN EN GELEZEN DOOR DE HELE SCHOOL!!

Ik heb je dagboek dus niet GESTOLEN!!

Eigenlijk moet je me BEDANKEN! Want anders zouden de bladzijden met jouw diepe, duistere geheimen erop nu overal in de gangen hangen.

Ik wilde je voor maatschappijleer je dagboek teruggeven. Maar dat lukte niet omdat ik eerst nog naar de meisjes-wc's moest om mijn haar te borstelen.

En toen was ik van plan het na gym terug te geven. Maar omdat ik tijdens de oefeningen iets tegen Jessica zei over jouw afzichtelijke kotskleurige jas moest ik van de gymlerares drie extra rondjes rennen.

En ten slotte wilde ik het je bij bio geven. Maar toen had ik het te druk met FLIRTEN met BRANDON, terwijl jij toekeek en deed alsof je NIET gek werd van jaloezie! ☺

Dus uiteindelijk MOEST ik je dagboek voor de veiligheid wel mee naar huis nemen!

Als ik heel eerlijk ben, Nikki, heb ik je nooit gemogen omdat ik je niet echt kende! En ik denk dat jij mij waarschijnlijk ook niet mag omdat je mij niet echt kent.

Daarom is het juist GOED dat ik je dagboek lees! Zo leer ik al je wensen, dromen en angsten kennen, en je diepe, duistere geheimen.

En om ervoor te zorgen dat jij MIJ ook beter leert kennen, zal ik wat dingen over mij en mijn leven in jouw dagboek schrijven!

Ik zal er ook TEKENINGEN in maken, zodat je mijn fantastische tekentalent kunt bewonderen.

Maar alsjeblieft! Geloof maar niet dat je in het echt zo knap bent als op de schetsen die ik in je dagboek maak. Ik weiger namelijk lelijke mensen te tekenen, omdat ik daar letterlijk misselijk van word!

Dus, Nikki, veel plezier bij het lezen van het...

DAGBOEK VAN MACKENZIE

AVONTUREN VAN EEN NIET-ZO-MUTSERIGE DRAMAQUEEN

WELKOM IN MIJN WERELD, SCHAT!!!

TOEDELS!

ZONDAG 13 APRIL

Lieve Nikki,

Deze dag was... echt BIZAR! Weet je waarom?

Omdat ik een regelrechte FASHIONRAMP had!

OMG! Ik werd een beetje duizelig en het zweet stond zelfs in mijn handen. IEUW!!

Mijn styliste (die nu trouwens op tournee is met Ariana Grande) zegt dat je NOOIT moet zweten. Je moet alleen... GLOEIEN!

Hoe dan ook, ik moest dringend naar het winkelcentrum om de PERFECTE blouse uit te zoeken om maandag naar school aan te doen.

Hij moest aan de volgende eisen voldoen:

Schattig, maar niet te kinderachtig.

Stijlvol, maar niet te saai.

Gedurfd, maar niet te ordinair.

Trendy, maar niet te gehypet.

Na een EEUWIGHEID shoppen had ik uiteindelijk niet één, niet twee, maar DRIE geweldige designerblouses gevonden!

En omdat ik niet kon kiezen welke ik het mooist vond, besloot ik ze ALLE DRIE te nemen, voor maar 689,32 dollar!

WAAROM? Omdat het KON!!

Hoera voor MIJ!! ☺

HAAT me niet omdat ik rijk ben!!

Toen ging ik snel naar huis en sloot me op in mijn slaapkamer.

Ik moest de zeer moeilijke beslissing nemen welke blouse het best bij ~~jouw~~ MIJN dagboek staat!!

IK PROBEER TE BESLISSEN WELKE FANTASTISCHE BLOUSE HET BEST BIJ ~~JOUW~~ MIJN DAGBOEK STAAT!

Maar het laatste wat ik kon gebruiken was dat een of andere GESTOORDE meid me op school zou zien met HAAR DAGBOEK en me van DIEFSTAL zou beschuldigen!

Natuurlijk zou eerst niemand haar geloven, dankzij mijn reputatie als vriendelijk en eerlijk mens.

Maar als ze het tegen directeur Winston zou zeggen, zou er een kans zijn dat ik BETRAPT werd met het dagboek in mijn tas.

En dan zou ik misschien zelfs van school af moeten!

En stel dat ik dan gedwongen was om naar een OPENBARE school te gaan? Zo eentje als ik wel eens op tv zie?

IEUW!! ☹

Was dit dagboek dat ALLEMAAL waard?

Ik keek mezelf eens lang en kritisch aan in de spiegel en koos ter plekke voor de ENIGE verstandige optie.

IK KAFT HET DAGBOEK HEEL SLIM
MET EEN STOFJE ZODAT NIEMAND HET
HERKENT!!

JA! Ik weet het! Ik ben een BEELDSCHOON GENIE!! ☺

Het kostte me TWEE hele uren om het dagboek te kaften met de luipaardstof van mijn gloednieuwe designerblouse.

En toen ik eindelijk klaar was, was ik totaal ondersteboven van het FANTASTISCHE resultaat.

Het was allemaal zo opwindend en inspirerend dat ik ervan begon te ~~zweten~~ GLOEIEN!

Toen ging ik snel terug naar het winkelcentrum (gelukkig was het nog open!) en schafte nog een designerblouse, een zwarte leren broek, laarzen en een zonnebril aan.

Want morgen op school wil ik IEDEREEN de ogen uitsteken met ~~jouw~~ MIJN nieuwe dagboek!

HOERA VOOR MIJ!!☺!

Maar goed, Nikki. Al stonden er maar tien dagen van april in je dagboek, één ding is glashelder...

JIJ. BENT. ECHT. EEN. ZIEK. MORMEL!!

Maar echt! Ik kan niet geloven dat ik uren van mijn leven heb verspild aan het lezen van zoveel huilerige, zelfverzonnen onzin.

Je schreef alleen maar dingen als: 'MacKenzie heeft me DIT geflikt!' en: 'MacKenzie heeft me DAT aangedaan!', alsof IK hier degene ben die niet spoort!

Kom op, serieus? #Dikkedoei!

Je HALLUCINEERT als je denkt dat jij hier het slachtoffer bent!

Zie de waarheid onder ogen!

Je bent al vanaf dag één KRANKZINNIG JALOERS op me en bent GEOBSEDEERD door het RUÏNEREN van mijn leven!

Brandon en ik zouden allang een setje zijn als je zijn MEDELIJDEN niet had opgewekt met al dat 'SCHATTIG-MUTSIGE' gedoe van je.

Je bent ERGER dan ERG, Nikki Maxwell!

En je LIEGT zo veel dat je serieus een carrière in de politiek zou moeten overwegen!

Volgens mij heb jij mijn therapeut, dokter Hadley, VEEL harder nodig dan ik!

Ik weet wel dat alles wat ik zeg misschien koud, wreed en gemeen klinkt. Maar ik ben alleen maar GOUDEERLIJK tegen je, Nikki.

Het spijt me dat ik daar geen spijt van heb!!! ☺

TOEDELS!

MAANDAG 14 APRIL

Lieve Nikki,

Vandaag had ik een superOPWINDENDE dag!

Hoe was JOUW dag, popje?

NIET zo goed? Dat dacht ik al!

Vooral omdat ik je treurig door de school zag sjokken, als een zielige puppy, met je sneue BFF's Chloë en Zoey achter je aan. Jullie keken erg bezorgd en leken ergens naar te zoeken.

Ik vraag me af... waarnaar?

Maar genoeg over JOU! Nu even over MIJ!! ☺

Vond je de gloednieuwe designeroutfit die ik vandaag naar school droeg niet GEWELDIG?

Hij paste zelfs bij ~~jouw~~ MIJN dagboek!!

IK, DODELIJK MOOI IN MIJN NIEUWE OUTFIT MET BIJPASSEND DAGBOEK!!

Ik vind mijn nieuwe kaft met luipaardprint tien keer zo mooi als jouw goedkope kaft van spijkerstof.

Dat schattige kleine zakje is ZO kinderachtig!

Hoe dan ook, Nikki, toen jij met je BFF's naar je locker liep, stond ik maar een paar centimeter verderop in ~~jouw~~ MIJN dagboek te schrijven!

OMG! Het was BIZAR!

Maar omdat ik altijd zo medelevend ben en jij duidelijk totaal overstuur was, vroeg ik wat er aan de hand was.

'Sorry, Nikki, maar WAAROM smijt je jouw TROEP de hele gang door? Dit is NIET je slaapkamer! WAT is er mis met jou?' vroeg ik liefjes.

'Sorry, Mackenzie. We zullen mijn spullen zo meteen opruimen,' zei je, terwijl je met je verdrietige ogen rolde. 'Maar nu zijn we druk bezig iets heel belangrijks te zoeken, oké?'

IK KIJK TOE TERWIJL JIJ WANHOPIG NAAR JE VERLOREN DAGBOEK ZOEKT!!

'O, echt? Misschien kan ik helpen zoeken. Wat ben je kwijt, Nikki?' vroeg ik, terwijl ik mijn best deed om zo behulpzaam mogelijk te zijn.

Toen wierpen jij, Chloë en Zoey elkaar een zenuwachtige blik toe en begonnen te fluisteren.

'O, is het ineens een groot geheim?' vroeg ik, terwijl ik een beetje ongeduldig werd. 'Oké... WAT ben je dan kwijt?'

Toen gaven jullie alle drie precies tegelijk antwoord...

'Huiswerk!' zei Zoey.

'Trui!' zei Chloë.

'Mobieltje!' zei jij.

'Wacht even!' riep ik in complete verwarring uit. 'WAT ben je precies kwijt?'

'Trui!' zei Zoey.

'Mobieltje!' zei Chloë.

'Huiswerk!' zei jij.

Het was duidelijk dat jullie LOGEN, maar ik speelde het spelletje mee.

'Dus je bent je huiswerk, een trui EN je mobieltje kwijt?' vroeg ik achterdochtig.

Chloë en Zoey zeiden 'Nee!' op precies hetzelfde moment dat jij 'JA!' zei.

Toen veranderden Chloë en Zoey HUN antwoord in 'Ja!' op precies hetzelfde moment dat jij het JOUWE veranderde in 'Nee!'

En moet je horen! TOEN keken jullie elkaar allemaal vuil aan en begonnen jullie weer te fluisteren. Maar ik speelde dus gewoon mee.

'Luister, stelletje idioten!' zei ik ongeduldig. 'Ik wilde aanbieden om jullie te helpen VINDEN wat je kwijt bent! Maar omdat jullie duidelijk niet weten WAT je zoekt, bespaar ik mezelf de moeite maar!'

'Dank je, MacKenzie. Maar bemoei jij je alsjeblieft met je EIGEN zaken!' zei Chloë uit de hoogte.

'Ja, we lossen het ZELF wel op!' zei Zoey met een vuile blik op mij.

Sorry, maar ik kon het niet laten.

'Best, dan ZAL ik me ook met mijn EIGEN zaken bemoeien! Maar hopelijk ben je niet je stomme dagboekje kwijt, Nikki! Want als dat in verkeerde handen valt, komen al je VUILE geheimpjes uit en weet deze hele school wat een NEPPERD je bent! Vooral Brandon!'

OMG, Nikki! Toen ik het 'D-woord' – DAGBOEK – zei, keek je alsof je een spook zag!! Ik wou dat je je eigen gezicht had kunnen zien! Het was ONBETAALBAAR!!

Jullie konden me alle drie alleen maar

aanstaren, compleet in shock en met open mond.

Ik wilde mijn mobiel tevoorschijn halen en een foto van jullie maken.

En die dan posten met de hashtag #JeWeetZelfNietHoeStomJeNuKijkt.

Hoe dan ook, jij en je BFF's maakten een complete PUINHOOP van je locker!

Maar je dagboek heb je nog STEEDS niet gevonden, hè?

ARM KIND!! ☺

Oké, ik moet nu naar de les!

Ik was de tijd totaal vergeten en de bel is net gegaan.

Ik moet toegeven dat dit dagboekgedoe een beetje verslavend begint te worden!

TOEDELS!

DINSDAG 15 APRIL

Lieve Nikki,

Ik heb vandaag een VERSCHRIKKELIJKE dag!! En dat komt allemaal door JOU!! ☹

Bij de lunch kon ik onmogelijk kiezen tussen de tofoesalade en de tofoeburger, want ik ben heel kieskeurig in wat ik eet.

Ik koos uiteindelijk voor de teriyaki-tofoesalade met honing-gemberdressing en een gekoeld flesje bronwater. WAAROM? Omdat er een enorme vlieg rond de tofoeburger zoemde. IEUW! ☹

Hoe dan ook, toen ik aan de MPM-tafel wilde gaan zitten zag ik al mijn vrienden hysterisch lachen om een filmpje van een of andere stomme meid die over de rooie ging omdat er een tor in haar haar zat.

Ik wilde het ook zien om even lekker te kunnen lachen. Tot ik zag dat ZIJ MIJ was!!

IK, GESCHOKT OMDAT MIJN VRIENDEN ME UITLACHEN!!

Plotseling kreeg ik een supermisselijk en DRAAIERIG gevoel in mijn maag. Niet van het filmpje, maar van een flashback naar die vlieg bij de tofoeburger die ik bijna opgegeten had! GETVER! ☹

Ik kon NIET geloven dat mijn vrienden ZO achterbaks konden zijn. Zelfs mijn zogenaamde BFF, Jessica.

Ik ben in mijn HELE LEVEN nog nooit zo diep VERNEDERD! Mijn reputatie op deze school is GERUÏNEERD!!

Ik ben zo boos dat ik alleen nog kan...

GILLEN!! 😠 !

Dus, Nikki, wil je weten waarom ik zo'n HEKEL aan jou heb?

O, wil je dat NIET weten? Nou, juffertje Betweter, ik vertel het je HOE DAN OOK! Sterkte ermee! Hier komt mijn lijstje. De KORTE versie!

GA JE GANG, NIKKI!! LEES MIJN LIJSTJE!!

10 REDENEN WAAROM IK JE HAAT

1. Je SPEELDE VALS om de tekenwedstrijd te winnen!!

2. Je hebt mijn verjaardagsfeest totaal VERPEST door de chocoladefontein te SABOTEREN!!

3. Je deed mee aan de TALENTENSHOW en kreeg een PLATENCONTRACT, terwijl je aanmelding ONVOLLEDIG was (WIE noemt zijn band nou Eigenlijk Weet Ik Het Nog Niet?)!!

4. Je WON de Holiday on Ice-show, terwijl IEDEREEN weet dat je NIET kunt schaatsen!

5. Je hebt mijn huis GEPLEEPAPIERD!!!!

6. Bij het Valentijnsfeest liet je me in mijn designerjurk in een VUILCONTAINER wroeten!

7. Je hebt zelfs GEKUST met mijn TBF (Toekomstige Boyfriend) Brandon!!

8. Je deed alsof je zwaar GEBLESSEERD was bij trefbal, zodat ik moest NABLIJVEN (wat trouwens mijn kansen om naar een vooraanstaande universiteit te gaan volledig kan VERPESTEN!)

9. Je stopte een vieze TOR in mijn haar!!

En dan nog iets VERSCHRIKKELIJKS waar ik vandaag pas achter kwam...

10. Je hebt mijn reputatie compleet GERUÏNEERD en me VERNEDERD, omdat dat AFSCHUWELIJKE filmpje waarin ik een paniekaanval heb vanwege de tor die JIJ in mijn haar stopte nu de HELE school rondgaat.

Ik verzin dit echt ZO niet!!

Het is duidelijk dat jij mijn leven totaal probeert te VERWOESTEN!!

Het is ZO erg op deze school dat EEN van ons WEG moet!

En dat ben JIJ...

Of... IK!!

En als directeur Winston jou niet van deze school wil TRAPPEN omdat je MIJN LEVEN VERWOEST...

GA IK WEL NAAR EEN ANDERE SCHOOL!!

En dat meen ik!! Je zit me echt tot HIER, Nikki Maxwell! Je komt hier NIET mee weg!

Geef het maar toe!

Als JIJ MIJ was, zou je jezelf OOK HATEN! ☹

TOEDELS!!

WOENSDAG 16 APRIL

Lieve Nikki,

Ik ben zo boos dat ik wel kan...

GILLEN!! 😠!

De HELE school heeft dat filmpje gezien! En nu lacht iedereen me achter mijn rug uit.

De MPM's giechelen.

De MPJ's (Mooie Populaire Jongens) gniffelen.

De cheerleaders hinniken.

De voetballers grinniken.

En in de kantine kakelen de koks.

Ik geef het niet graag toe, Nikki! Maar op dit moment ben ik op deze school nog meer het pispaaltje dan JIJ!

Het was een vette schok toen ik jou en je BFF's vandaag op school zag. Ik dacht dat jullie in New York zouden zijn, om jullie favoriete schrijvers te ontmoeten tijdens de Nationale Bibliotheekweek!

Volgens de laatste roddels hebben jij en je BFF's op het laatste moment besloten jullie reisje aan Marcy, Violet en Jenny te gunnen, zodat jullie hier aan de grote boekenactie voor de schoolbibliotheek kunnen werken.

Sorry! Maar ik geloof geen snars van die SLAPPE smoes!

Dit is de WAARHEID: in plaats van te genieten van al het moois dat de meest FANTASTISCHE stad ter wereld te bieden heeft, blijf JIJ liever hopeloos gedeprimeerd op school rondhangen om vuilnisbakken leeg te halen, wc-hokjes af te speuren en alle hoeken en gaten te doorzoeken, in een wanhopige poging dat dierbare DAGBOEKJE van je terug te vinden!

OMG! Ik had ZO'N medelijden met je dat ik BIJNA een traantje liet! Totdat ik bedacht dat mijn mascara dan uit zou kunnen lopen, en dikke zwarte strepen op mijn anders zo vlekkeloze gezicht me niet zo SCHATTIG zouden staan.

Jammer genoeg, Nikki, zul je je dagboek de komende tijd nog NIET vinden. En WAAROM niet? Omdat ik erin zit te SCHRIJVEN, vlak naast je in de klas!

Maar echt! Hoe IRONISCH is dat? ☺

En omdat het voor een deel jouw schuld is dat ik zo'n ROTTIGE en ELLENDIGE dag heb, leek het me niet meer dan eerlijk om iets speciaals voor JOU te doen, zodat jij je ook zo kunt voelen.

Daarom tikte ik je op je schouder en fluisterde: 'Ik heb daarnet in de bibliotheek een boek gezien dat precies op jouw dagboek lijkt, Nikki! Volgens mij stond het in een boekenkast. Of lag het op een stapel!'

JIJ EN JE BFF'S ZOEKEN IN DE BIBLIOTHEEK NAAR JE DAGBOEK!

JIJ EN JE BFF'S ZOEKEN ZES UUR LATER NOG STEEDS NAAR JE DAGBOEK ☺!!

En ja, ik weet dat het een kille en harteloze streek was om jou urenlang voor niets in de bibliotheek naar je dagboek te laten zoeken.

Maar mag ik jou even herinneren aan al die DUBIEUZE dingen die JIJ hebt gedaan om MIJ te vernederen?

Om te beginnen SPEELDE JE VALS om de tekenwedstrijd te winnen. Je hebt echt wel talent - talent voor BEDROG! ☹

Die zielige serie tatoeages die jij had getekend zou ik echt geen kunst willen noemen.

Iedereen weet dat ik de eerste prijs had moeten winnen!

Mijn briljante inzending had de modewereld zoals we die kennen kunnen veranderen.

Met mijn geavanceerde concept zouden er voortaan INSTANT MAKE-OVERS beschikbaar zijn voor jou en al die andere SLONZEN zonder enig modebenul!!

MIJN FAB-4-EVER
INSTANT MAKE-OVER KITS!

Mijn ontwerpen zijn PERFECT voor schattige, trendy meisjes die er lafhartig worden INGELUISD om tijdens het Valentijnsfeest in een SMERIGE container naar een niet-bestaand designersieraad te gaan zoeken!

Meisjes zoals IK!!! ☹

En als ze daarna stinken naar drie weken oud containersap en een slijmerige, rottende bananenschil op hun gezicht hebben, kunnen ZIJZELF en hun fantastische outfit gemakkelijk met de tuinslang schoongespoten worden, gewoon in hun eigen achtertuin!

Ik had MILJOENEN kunnen verdienen met dit idee en een van de HOTSTE modeontwerpers ter wereld kunnen worden! Maar dat is niet gebeurd! En dat is allemaal JOUW schuld, Nikki!! ☹

Hoe dan ook, het viel me op dat Brandon en jij nauwelijks met elkaar praten nu jij totaal geobsedeerd bent door het vinden van je kwijtgeraakte dagboek.

Het moet hartverscheurend zijn om je geweldige vriendschap met hem gewoon te zien wegkwijnen en STERVEN, als een slijmerige slak op een warme stoeptegel.

Geen wonder dat je zo bedroefd en depri lijkt.

Woorden schieten tekort om de heftige emoties uit te drukken die door mij heen gaan.

Behalve misschien... HOERA VOOR MIJ!!
Het spijt me dat ik daar geen spijt van heb!

Maar raak alsjeblieft niet te gefrustreerd als je je dagboek niet kunt vinden. Ik heb nog veel meer geweldige ideeën voor plekken waar je het kunt zoeken.

TOEDELS!

MacKenzie

DONDERDAG 17 APRIL

Lieve Nikki,

Groot nieuws!

Ik heb eindelijk de PERFECTE school gevonden!

Nu hoef ik alleen mijn ouders er nog van te overtuigen dat ik moet overstappen!!

Ik kan niet geloven dat dit misschien wel mijn allerlaatste week op deze WAARDELOZE school is!

HOERA VOOR MIJ!! ☺

North Hampton Hills International Academy is een van de meest prestigieuze privéscholen in het hele land!

En het is maar 27 minuten bij mijn huis vandaan. Of tien minuten, als ik van papa met de privéhelikopter mag.

In plaats van zweterige stinksporten zoals voetbal en basketbal doen ze er aan ZEER stijlvolle lichaamsbeweging, zoals zeilen, paardrijden, schermen en polo.

En de meeste leerlingen gaan elk jaar naar het buitenland. Niet jaloers zijn, maar waarschijnlijk zit ik deze zomer in PARIJS! ☺

HOERA VOOR MIJ!! ☺

En omdat ik een heleboel coole nieuwe vrienden ga maken, kan ik niet wachten om een groot verjaardagsfeest op de countryclub te geven en ze allemaal uit te nodigen.

Gelukkig ben JIJ er dan niet bij om de boel te SABOTEREN, zoals de vorige keer!!

Ik was de eerste leerling van onze school OOIT die een GEMUTEERDE RIOOLRAT zoals jij uitnodigde!

En hoe bedankte je me daarvoor? ☹

Ik kan het je bijna vergeven dat je als een uitgehongerd paard alle hors-d'oeuvres opschrokte.

Ik weet dat je dol bent op kipkluifjes, omdat die de leegte in je treurige leventje opvullen.

Maar het toppunt was die stunt die je uithaalde met de chocoladefontein.

Ik weet dat op school de gemene roddel rondging dat mijn ex-BFF, Jessica, jou met opzet aanstootte, zodat je bordje fruit in de chocoladefontein viel en je nieuwe feestjurk helemaal onder de chocoladespetters zat, gewoon uit VALSHEID!

Maar dat is ZO niet waar!

Jessica heeft GEZWOREN dat ze jouw jurk bespetterd zag worden toen JIJ stiekem AFVAL in de chocoladefontein stond te gooien, om hem te saboteren!!

JIJ GOOIT AFVAL IN DE CHOCOLADEFONTEIN OP MIJN FEEST!

WAAROM? Omdat je krankzinnig jaloers op me was, omdat ik er in mijn Dior-jurk veel mooier uitzag dan jij in die gerecyclede VAATDOEK die je droeg.

Maar Nikki, HOE kon je zo GEMEEN zijn om me in chocolade te DRENKEN terwijl ik net een foto voor de SOCIETYRUBRIEK liet maken?

IK FLIP TOTAAL OMDAT JIJ MIJN VERJAARDAGSFEEST RUÏNEERT!!

Ik zat zo onder de chocolade dat ik me net een cacaotruffel op POOTJES voelde!

Toen begon iedereen me UIT TE LACHEN en FOTO'S te nemen met zijn mobieltje!

Het was VERSCHRIKKELIJK! Voor één keer was ik BIJNA net zo IMPOPULAIR als jij!

Ik was zo WOEST dat ik wel kon...

GILLEN!!! 😠!!

Je had geluk dat je toen wegging!! Anders had ik je waarschijnlijk verzopen in de chocoladefontein! ☹

Oké, en nu wil ik je iets persoonlijks vragen over iets wat je in je dagboek hebt geschreven.

WAAROM schrijf je in hemelsnaam je GEBRUIKERSNAAM en WACHTWOORD in je DAGBOEK? Begrijp je dan niet dat een of ander emotioneel instabiel persoon je dagboek zou kunnen stelen, het zou kunnen lezen en de uiterst vertrouwelijke informatie dan gewoon op papier zou kunnen zien staan?

En als deze persoon echt NIET GOED BIJ HAAR HOOFD is, zou ze de Wijsneus-probleemrubriek kunnen hacken die jij IN HET GEHEIM voor de schoolkrant schrijft (volgens je dagboek dan)! Ze zou ANGST EN VERDERF kunnen zaaien onder het voltallige leerlingencorps! Met slechts een paar muisklikken zou de wereld zoals jij die kent volledig kunnen worden weggevaagd!!

Dan zou JIJ worden beschuldigd van cyberpesten, van school worden getrapt en –

WACHT!!! EENS!!! EVEN!!! NEE! Dit KAN NIET WAAR ZIJN!!!!!!

JIJ bent de echte WIJSNEUS??

En DIT is jouw echte WACHTWOORD???

OMG!! TE ERG GEWOON!!

IK HELP JE OP DE WIJSNEUS-SITE IN HET GEHEIM MET JE PROBLEEMRUBRIEK!!

Hoe dan ook, je zou me moeten bedanken voor de WAARSCHUWING voor een of andere PSYCHOPAAT die je gebruikersnaam en wachtwoord zou kunnen stelen, je Wijsneus-site zou kunnen hacken en ANGST EN VERDERF zou kunnen zaaien onder het voltallige leerlingencorps.

Je BOFT maar dat ik, MACKENZIE HOLLISTER, toevallig op die informatie stuitte.

En NIET een of andere krankzinnige, wraakzuchtige, dagboekstelende DRAMAQUEEN!!

TOEDELS!

VRIJDAG 18 APRIL

Lieve Nikki,

* GAAP! *

Ik ben vandaag echt zo moe!

Wil je weten waarom, popje?

Omdat ik de halve nacht brieven van al die LOSERS aan Wijsneus heb zitten beantwoorden.

Ik wist niet wat ik las! Ik had geen idee dat de leerlingen van deze school zulke ZIELIGE leventjes leidden!

Maar goed. Ik ben helemaal opgewonden omdat ik op maandag 28 april een vette VERRASSING voor je heb!! ☺

En als directeur Winston de Wijsneus-rubriek leest die ik jou stiekem heb helpen schrijven, wordt hij WOEST!!

Dan word je zo snel GESCHORST vanwege CYBERPESTEN dat je niet zult weten wat je overkomt!

Hoe dan ook, hier zijn kopietjes van mijn twee favoriete brieven en het advies dat ik heb gegeven:

* * * * * * * * * * * * * * * *

Beste Wijsneus,

Na lang trainen ben ik dit jaar in het cheerleadersteam van de brugklas gekomen, maar de andere cheerleaders doen alsof ik er niet bij hoor. Ik mag eigenlijk nooit dansen of optreden, zoals zij.

De aanvoerster laat me alleen meedoen als we de menselijke piramide doen en dan moet ik altijd onderaan! Ik heb dan de meeste mensen op mijn rug, wat supervermoeiend is, en als ik uit balans raak valt de hele piramide om en is iedereen kwaad!

Ik ben het zat om die meisjes over me heen te laten lopen. Letterlijk! Ik weet niet waar ik dit allemaal aan verdien, maar het is duidelijk dat ze de pest aan me hebben. ☹!

Het is zo frustrerend! Ik weet niet of ik uit het team moet stappen, mijn teamgenoten erop moet aanspreken of gewoon mijn mond moet houden om het niet nog erger te maken. Ik wil mijn droom om cheerleader te zijn niet opgeven! Wat zou jij doen?

Chagrijnige Cheerleader

* * * * * * * * * * * * * * * *

Lieve Chagrijnige Cheerleader,

Popje... Ik denk dat je jezelf iets wijsmaakt als je denkt dat je dankzij je fantastische moves in het cheerleadersteam bent gekomen. Mijn betrouwbare bron binnen het team vertelde me dat jouw auditie AF-GRIJ-SE-LIJK was. Ze zei dat ze niet wist of je probeerde te dansen of last van stuipen had!

Je flikflak was een flikFLOP, je radslag GERADBRAAKT en je afsprong was een AFGANG!

Begrijp je wat ik bedoel?

De enige echte reden waarom je gekozen bent is deze: je ziet eruit als het dikke zusje van Shrek, dat een hoop gewicht kan dragen! Onder de aanvoersters van cheerleadersteams is het al heel lang traditie om sterke, lelijke meisjes te selecteren voor onder aan de piramide. Wist je dat dan niet??

Neem het allemaal niet zo persoonlijk op! Accepteer gewoon dat jij helemaal onder aan de piramide thuishoort, lieverd! Houd je groene Shrek-kop hoog nu iemand je tenminste ergens voor wil hebben. Dat gebeurt vast niet vaak! Hoera voor jou!

Je vriendin,
Wijsneus

PS Mijn bron wil dat je stopt met dansen. Ze zegt dat je het team NACHTMERRIES bezorgt!

* * * * * * * * * * * * * * * *

OMG! Mijn brief was echt zo GEMEEN!! AU!! ☺!!

Maar de volgende brief ging me echt aan het hart. Het viel helemaal niet mee om gemeen te doen tegen deze arme jongen, want hij leek oprecht van streek.

Ik had zoveel medelijden met hem dat ik hem gisteravond zelfs mijn advies al heb gemaild.

* * * * * * * * * * * * * * * *

Lieve Wijsneus,

Ik heb een goede vriendin. Ze is slim, grappig en lief.

Maar de laatste tijd loopt het niet lekker tussen ons en dat ligt helemaal aan MIJ. Door een vuile roddel op school en doordat ik haar niet veel over mijn privéleven vertel, vertrouwt ze me niet meer. En dat kan ik haar niet kwalijk nemen.

Als ik in de klas met haar probeer te praten, lijkt ze gedeprimeerd en een beetje afwezig, alsof er iets is wat haar heel erg dwarszit. Ik begin me zorgen over haar te maken en ik mis onze vriendschap.

Wat kan ik doen om het goed te maken?

Ontzettende Flutvriend

* * * * * * * * * * * * * * * *

Beste Ontzettende Flutvriend,

Zo te horen heb je het goed verknald, bro!

Afgaand op haar gedrag denk ik dat het misschien al te laat is om deze relatie te redden. Volgens mij wil ze jou net zomin als een kom beschimmelde havermout van een week oud.

Je moet haar Z.S.M. laten weten dat je om haar geeft! Maar NIET met een snel en onpersoonlijk mailtje of appje.

Omdat ze duidelijk niet met je wil praten, moet je niet aandringen. Ik raad je aan je oprechte excuses aan te bieden in een brief, die je vlak voor de les op haar locker plakt zodat je kunt zien hoe ze reageert. Vraag in de brief of ze na school naar een stijlvolle plek wil komen om het uit te praten. Hint: de meeste meisjes zijn GEK op de CupCakerij!

Als ze komt, geeft ze echt om je en kun je jezelf gelukkig prijzen met je heel bijzondere vriendschap. WAAAH!!! ☺

Maar als je vriendin niet komt, is ze nog steeds flink pissig op je en heeft ze misschien nooit echt om je gegeven. In dat geval raad ik je aan om je eroverheen te zetten en haar gewoon te vergeten!

Geen handvol, maar een land vol, gast! Onder wie IK! ☺

Je vriendin,

Wijsneus

* * * * * * * * * * * * * * * *

OMG!! Nikki, denk JIJ wat IK denk?

Deze brief zou heel goed van jouw geheime liefde Brandon kunnen zijn! HOERA VOOR JOU! ☺

En in dat geval geef ik toe dat ik een beetje jaloers op je ben, omdat Brandon over JOU aan Wijsneus schrijft, en niet over MIJ!

Helaas lijkt hij echt om je te geven, ook al ben je een ontzettende LOSER!

Maar soms is het leven NIET eerlijk en krijgen mensen dingen die ze NIET verdienen!

De meeste leerlingen moeten hard werken voor hun succes.

Maar sommigen zijn van nature begaafd. Zoals... IK!

Dan zijn er mensen die zich met LIST EN BEDROG omhoogwerken, zoals... JIJ!

Ja! Ik ben nog STEEDS getraumatiseerd door die talentenshow!

Mijn dansgroep, Macs Maniacs, WON dankzij mijn krankzinnige skills, edgy styling en fenomenale choreografie!

We waren DODELIJK goed!!

Jouw MUTSENBAND, Eigenlijk Weet Ik Het Nog Niet, was een dikke vette GRAP!

Maar echt, Nikki. Toen jij zong, klonk je als een krijsende kat met een ernstige diarree-aanval!

Maar ook al hakte ik je totaal in de pan op het podium, toch werd JIJ de plaatselijke beroemdheid, de tienerpopprinses en de ster van je EIGEN realityshow!

SORRY, HOOR! Maar hoe kon DAT nou?

Je bent absoluut NIET mooi genoeg om het alleen op je uiterlijk te redden, zoals de meeste toondove popdiva's van tegenwoordig.

Maar ik ken jouw geheimpje!

Je bent een MEESTERMANIPULATOR!

Je HERSENSPOELT mensen zodat ze je alles geven wat je maar wilt!

Of je wekt zoveel MEDELIJDEN bij ze op dat ze last krijgen van SCHULDGEVOEL en je alles geven wat je maar wilt.

Nou, geniet maar van je korte moment van roem zolang het nog kan, VALSSPELENDE, TALENTLOZE NEPPERD die je bent!

Eén ding is zeker... Je zult NOOIT een uitnodiging krijgen voor de uitreiking van de GRAMMY AWARDS!

Of hooguit om VLIEGEN, VLOOIEN en HOOFDLUIS te VERDELGEN bij bewusteloze ROCKSTERREN die zich al twee jaar niet hebben gewassen!!

JIJ VERDELGT ROCKSTERREN BIJ DE GRAMMY'S!

Als ik hierover nadenk word ik al zo boos dat ik wel kan...

GILLEN! ☹!!

Maar ik ga niet BOOS worden!!

Ik ga het je BETAALD zetten! ☺!!

Door JOU met je Wijsneus-rubriek te helpen!

En om jou te laten zien hoe goed ik dat doe, zal ik elke dag een paar van mijn favoriete SUPERGEMENE brieven in je dagboek zetten.

TOEDELS!

ZATERDAG 19 APRIL

OMG! Gisteren dacht ik dat ik zou ONTPLOFFEN van opwinding! Je gelooft NOOIT wat er gebeurd is!

Nee, ik heb geen nieuwe garderobe voor je aangeschaft om die ordinaire troep uit de uitverkoopbakken bij de voordeeldrogist te vervangen.

LIEG er maar niet over, Nikki!

Ik zweer het! Ik heb JOUW SPIJKERBROEK naast het rek met luiers voor volwassenen zien liggen toen ik nog wat lipgloss ging halen!

Oké, herinner je je die adviesbrief nog die ik aan ONTZETTENDE FLUTVRIEND heb gestuurd?

Nou, Nikki, raad eens wat ik vlak voor biologie op jouw locker geplakt zag zitten? En raad eens van WIE dat kwam?

IK ZWIJMEL WEG BIJ BRANDONS BRIEF VOOR JOU!!

Oké, ik geef toe dat het me ~~een beetje irriteert~~ tot PURE RAZERNIJ drijft dat Brandon zo gek op jou lijkt te zijn.

Maar dat kun je me toch niet kwalijk nemen!

Hij hoort MIJN vriendje te zijn!!!

En ja! Ik was er totaal KAPOT van toen ik zag dat Brandon jou kuste op dat liefdadigheidsevent.

Maar toen kreeg ik een openbaring en begreep ik precies waarom hij het deed.

Brandon is een vriendelijk, lief en medelevend mens.

En dat is waarschijnlijk de reden dat hij MIJ totaal NEGEERT en elke dag na school liever optrekt met al die irritante, mottige vlooienballen bij Vrolijke Viervoeters!

Hij is ook echt cool, superknap en extreem volwassen voor zijn leeftijd.

Ik bedoel maar. Hoeveel jongens DWINGEN zichzelf letterlijk om een EZELSKOP als de jouwe te kussen om de arme kinderen te helpen?

BRANDON KUST JOUW EZELSKOP OM DE ARME KINDEREN TE HELPEN!!!

Toen ~~verspreidde~~ HOORDE ik de vuile roddel dat Brandon jou alleen maar gekust had voor een WEDDENSCHAP om een Queasy Cheesy-pizza!

Dus, Nikki, hopelijk begrijp je dat zijn kus eigenlijk helemaal niets te betekenen had. Brandon en ik zijn voor elkaar geschapen! Hij weet het alleen nog niet.

En ook al verdien je het niet, ik ben WEL van plan om je voor ONZE bruiloft uit te nodigen als we over tien jaar trouwen!

Brandon en ik zouden ZEER vereerd zijn als je als speciale gast een rol zou willen spelen bij onze plechtigheid.

OMG! Het wordt ZO romantisch om die honderd duiven los te laten! Ze zijn een symbool van onze liefde die naar nieuwe hoogten stijgt in de eindeloze hemel!

En we willen JOU op deze bijzondere dag dicht bij ons hebben, Nikki...

OM AL DIE SMERIGE VOGELPOEP OP TE RUIMEN!!

Ja, Nikki! Op mijn trouwdag pak ik je EINDELIJK terug voor die smerige douches die ik tijdens het nablijven moest schrobben! Dat waren de drie LANGSTE dagen van mijn hele LEVEN!

MAAR ECHT! Die douches waren een GORE, van schimmel en beestjes vergeven NACHTMERRIE! Er zaten daar meer soorten INSECTEN dan in het Amazoneregenwoud!!

Ik heb genoeg HAAR uit die afvoerputjes gehaald om mijn eigen extensionbedrijf te kunnen beginnen! En ik ging zowat over mijn nek toen ik een haarbal vond die zo groot was als een dikke rat!

Het spijt me dat ik het moet zeggen, Nikki, maar MacKenzie Hollister MAAKT NIET SCHOON!

Wees alsjeblieft niet jaloers, maar ik heb al een KAMERMEISJE dat mijn rommel opruimt sinds ik drie maanden oud was.

Ik dacht dat ik alleen maar wat van dat

schoonmaakschuim in het rond hoefde te spuiten en dat er dan vanzelf van die blije schrobbende bubbeldingen zoals in de reclame zouden verschijnen om al het vuile, zware werk te doen!!

Maar NIET dus! Ik begreep er helemaal NIETS van!!

Dus toen ging ik natuurlijk zitten HUILEN boven mijn EMMER, en na twee uur kwam die GEMENE gymlerares binnen om tegen me te schreeuwen!

En toen ik uitlegde dat de schrobbende bubbeldingen niet waren gekomen, zei ze dat ik 'wartaal uitsloeg' en naar de dokter moest omdat ik misschien te veel giftige dampen had ingeademd!!

Zelfs nu nog kan ik de zwakke geur van ammonia, schimmel en 'citroenfris aroma' aan mijn handen ruiken. En dat is allemaal JOUW schuld, Nikki!!

Dus toen ik zag dat Brandon een brief op je locker had geplakt, deed ik wat alle arme meisjes met een zeer ernstige vorm van postnablijfstress-syndroom zouden doen...

IK STEEL JOUW BRIEF VANWEGE POSTNABLIJFSTRESS-SYNDROOM

Hoe dan ook, toen wij in de klas zaten te luisteren naar onze biologielerares, die maar doorratelde over, eh...

Eigenlijk heb ik geen FLAUW idee waar die stomme lerares over stond te ratelen. Ik heb geen woord gehoord van wat ze zei, omdat ik helemaal VERDIEPT was in de brief die Brandon aan jou had geschreven.

OMG! Die was zo WALGELIJK lief, oprecht en verontschuldigend dat ik de tofoeburger die ik bij de lunch had gegeten er bijna weer uitgooide!

Het was heel moeilijk voor me om in de klas te moeten toekijken hoe jij en Brandon zich gedroegen als twee VERLIEFDE TORTELDUIFJES!

Hij zat de HELE tijd naar je te staren, terwijl hij zich afvroeg of je zijn brief had gelezen.

Maar natuurlijk NEGEERDE jij hem totaal, alsof hij een enorme plak KAUWGOM was die iemand had uitgekauwd en daarna onder je tafel had geplakt.

IK LEES BRANDONS BRIEF TERWIJL HIJ NAAR JE STAART EN JIJ HEM TOTAAL NEGEERT!!

OMG! Het hele gedoe maakte me zo BOOS en GEFRUSTREERD dat ik wel kon...

GILLEN!! ☹!!!

Maar dat kon natuurlijk niet, want dan zou ik WEER moeten nablijven! En dan zou directeur Winston me dwingen om die smerige douches NOG een keer schoon te maken!! ☹

SORRY, HOOR! Maar ik lijd nog STEEDS aan een ernstige vorm van postnablijfstress-syndroom van de VORIGE keer dat ik moest nablijven, wat totaal JOUW schuld was!

Hoe dan ook, Nikki, het goede nieuws is dat alles precies ging zoals ik had gepland!! HOERA VOOR MIJ!! ☺

Brandon wilde het zo graag goedmaken met jou dat hij mijn Wijsneus-advies letterlijk opvolgde!

En omdat jij de brief die hij op je locker had geplakt nooit hebt gekregen...

WACHTTE HIJ TWEE UUR LANG GEDULDIG OP JE BIJ DE CUPCAKERIJ EN KWAM JIJ NIET OPDAGEN!

Toen Brandon het uiteindelijk opgaf en wegging, zag hij er echt ELLENDIG uit.

Ik had ZO'N medelijden met die arme jongen!

Het was duidelijk dat hij er KAPOT van was.

Vast omdat in mijn Wijsneus-brief stond dat als zijn vriendin (JIJ!) niet zou komen opdagen bij de CupCakerij nadat ze zijn brief had gekregen, dat betekende dat...

1. Ze HELEMAAL klaar met hem was! Of...

2. Ze NOOIT om hem had gegeven.

Ja, ik weet het! Je hebt zijn brief nooit GEKREGEN!

OEPS!! MIJN FOUT!! ☺

Het spijt me dat ik daar geen spijt van heb!

Maar maak je geen zorgen, Nikki.

De pijn en de woede die hij nu voelt zullen niet eeuwig duren.

En misschien zal hij het je op een dag vergeven dat je zijn hart uit zijn lijf hebt gerukt, het in de modder hebt gegooid en er daarna overheen bent gestampt met je mutserige hoge roze sneakers.

TOEDELS!

MIJN GEMEENSTE WIJSNEUS-BRIEF VAN DE DAG

Lieve Wijsneus,

Kan een populaire jongen ooit op een nerdy meisje vallen? Ik ben smoorverliefd op een jongen uit mijn scheikundeklas, maar we horen bij verschillende groepjes. Zijn vrienden zijn sportjongens en cheerleaders, en mijn vrienden en ik zitten op de schaakclub.

Hij is eigenlijk erg aardig en deelt een paar van mijn interesses. Maar zodra zijn vrienden erbij zijn, wordt het ongemakkelijk. Ze plagen me en zeggen tegen hem dat ik een loser ben. Hij komt wel voor me op, maar toch ben ik bang dat hij ze op een dag zal geloven!

Gisteren vroeg hij of ik samen met hem in de bieb wilde leren, en ik STIERF bijna! Volgens mij vindt hij me best leuk als vriendin, maar ik vraag me af of hij me LEUK-leuk vindt! Ik wil dat graag geloven, maar mijn vrienden zijn sceptisch. Ze zeggen dat populaire jongens nooit buiten hun eigen kliekje daten.

Hebben mijn vrienden gelijk, of denk je dat ik een kans maak?

Nerdmeisje

* * * * * * * * * * * * * * * *

Lief Nerdmeisje,

Dit meen je toch niet?? Word eens wakker en ruik de caramel macchiato! Hij heeft geen interesse in je, popje!

Haal je hoofd eens uit *In de ban van de ring* en zie in dat je niet in een fantasiewereld leeft! Liefde is niet blind, en populaire kinderen en nerds GAAN NIET SAMEN! Als dat wel zo zou zijn, hadden we geen kliekjes nodig! Bedenk eens hoe verschrikkelijk de wereld dan zou zijn? Wie zou ik dan belachelijk moeten maken?

Je vrienden hebben groot gelijk dat ze je dromen doorprikken. Jongens vinden je afstotelijk! Wat je biebdate met je crush betreft, hij wil alleen samen leren zodat hij betere cijfers kan halen. Laat ik het in het Nerdisch zeggen, zodat je het begrijpt: hij speelt met je, zoals een schaker met een pion! #Schaakmat!

Sorry, maar er ligt geen romantiek voor je in het verschiet. Waarom kon je dat zelf niet bedenken als je zo slim bent? Ik heb wel iets beters te doen dan mijn tijd te verspillen aan deze stomme brieven! Dus als je het niet erg vindt, ga ik nu een manicure halen.

Toedels!
Wijsneus

ZONDAG 20 APRIL

Lieve Nikki,

Ik ben ZO opgewonden! Papa komt morgenavond terug van zakenreis.

Dus ben ik van plan mijn ouders dan te ~~vragen~~ SMEKEN om me te laten overstappen naar North Hampton Hills International Academy.

Nelson zou me vandaag naar het winkelcentrum brengen zodat ik mijn nieuwe schooluniform kon kopen.

Het probleem was alleen dat ik nog maar 293 dollar overhad van mijn maandelijkse kleedgeld van 500 dollar!! ☹ En ik moest OOK een bijpassende handtas, sieraden en haaraccessoires hebben.

Dus toen mama me 100 dollar gaf om op mijn lastige zusje Amanda te passen terwijl zij met haar vriendinnen ging brunchen, besloot ik NIET mijn gebruikelijke driftbui te krijgen.

AMANDA EN IK GAAN MET DE LIMO NAAR HET WINKELCENTRUM VOOR MIJN NIEUWE SCHOOLUNIFORM!

We kwamen aan in het winkelcentrum en namen de roltrap naar het gigantische, chique warenhuis waar ze schooluniformen verkopen.

'Shoppen is vet cool!' piepte Amanda. 'Ik ga een Prinses Suikerpruim-tasje kopen!'

'Nee, je begrijpt het niet, Amanda! JIJ gaat niet shoppen, IK ga shoppen!' corrigeerde ik haar.

'Maar ik wil OOK shoppen!' zei ze stampvoetend. 'Want anders...'

'Sorry? Anders WAT? Plas je dan in je broek, of zo?' vroeg ik sarcastisch.

Toen begon Amanda plotseling hard te hijgen, te hikken en te kronkelen. Had ik al gezegd dat mijn zusje de KONINGIN van de kinderdriftbuien is?

Toen haar schrille stemmetje door het winkelcentrum galmde, hield iedereen op met wat hij aan het doen was om naar ons te STAREN.

Ik wil een tasje!!

OMG! Ik schaamde me KAPOT!!

'Amanda!' siste ik. 'Kop dicht, voor ze de beveiliging bellen en ons het winkelcentrum uit schoppen!' Maar ze ging alleen maar HARDER schreeuwen!

Gelukkig wist ik precies hoe ik die kleine BLAAG moest aanpakken! Ik pakte haar bij de hand en rende langs het restaurant, Toy City en Puppy Palace naar speelparadijs KANDY KINGDOM. Zodra Amanda dat zag, stopte ze met krijsen en piepte ze van verrukking! Hiep hiep hoera voor de korte aandachtsspanne!

'Jij mag hier spelen terwijl ik shop, Amanda. Als je me nodig hebt, ben ik vlak hiernaast kleren aan het passen, in die paskamers met roze gordijnen,' zei ik, terwijl ik naar een winkel zo'n vijfentwintig meter verderop wees. 'En waag het niet om KANDY KINGDOM uit te gaan. Ik hou je vanuit mijn paskamer in de gaten.'

'Oké, doei!' zei Amanda, en ze rende naar een groepje kinderen bij de glijbaan.

Verplaats je even in mijn ~~schoenen~~ hakken voor je me veroordeelt omdat ik Amanda daar achterliet.

Hoe kon ik me concentreren op het uitzoeken van mijn uniform met schattige accessoires terwijl zij haar longen uit haar blagerige lijf stond te blèren?

Ik kon GEEN modemisser riskeren, vooral niet nu ik indruk moest maken op een nieuwe school.

Hoe dan ook, in de winkel ontdekte ik een enorme nieuwe zomercollectie!

Ik kon het niet laten om een paar dingen te passen!

Voor ik het wist, lag mijn pashokje vol met kleren.

Het was moeilijk om ermee op te houden, omdat ALLES me zo FANTASTISCH stond!

'Volgens mij heb je nu alles van de juniorafdeling, de tiener-designerafdeling, alle avondkleding, badkleding en alle schoenen gepast!' mopperde de uitgeputte winkelmedewerkster. 'Ga je nog iets aanschaffen?'

'Nee, bedankt! Het was maar een pas-a-thon!' antwoordde ik. 'Ik heb alleen het schooluniform van North Hampton Hills nodig. Dit mag je allemaal weer terughangen!'

Ik weet niet waar die dame last van had, maar ze begon dezelfde boze stuiptrekkingen te maken als Amanda.

'Goed hoor,' zei ze tandenknarsend. 'Ik haal even mijn verhuiswagen. Ik ben zo terug.'

Niet vergeten: haar laten ontslaan en de winkel aanklagen!

Plotseling dook er een hoofd zonder lichaam in mijn paskamer op.

OMG! Ik spuugde van schrik haast mijn bronwater uit.

HET WAS AMANDA, DIE ZOMAAR BINNENVIEL OM ONGEVRAAGD MODEADVIES TE GEVEN!!

'HELP!! Er zit hier een grote, harige RAT!' gilde ik en ik sprong op een stoel. 'O! Ben jij het maar, Amanda. Excuses!'

'Er IS geen excuus om erbij te lopen als een VARKEN met LIPGLOSS in een schooluniform!' gniffelde ze.

'Waarom ga jij niet terug naar Kandy Kingdom om per ongeluk van de glijbaan te vallen?' zei ik, terwijl ik een sok naar haar gooide.

'Ik kwam een zakdoekje halen voor mijn snotneus,' snufte Amanda. 'Ik pak er even een uit je tasje, oké?'

'Ga je gang. Maar laat me verder met RUST!' antwoordde ik. 'Ik krijg voortijdige rimpels van al die stress!' Ik checkte mijn gezicht in de spiegel en zei blij: 'Vals alarm. Ik ben nog steeds superknap!'

Amanda pakte mijn handtas en keerde hem om. Al mijn spullen vielen op de vloer.

'Serieus! WAT doe je?' gilde ik.

AMANDA GOOIT MIJN TAS OVERHOOP!!

Ik negeerde de snotneus en ging verder met mijn nieuwe uniform bewonderen in de spiegel. Er was geen twijfel over mogelijk: DODELIJK mooi!!

'Dank je, MacKenzie!' zei Amanda stralend terwijl ze me een dikke knuffel gaf. 'Jij bent de BESTE grote zus OOIT! Ik HOU van je! Veel plezier. Doei.'

Dat was een beetje raar. Amanda leek wel ERG blij met dat zakdoekje.

Ik vond een geruite leren tas die PERFECT bij mijn rok paste! Ik tikte de coolste sieraden en haaraccessoires op de kop. Het mooiste was nog dat alles in de uitverkoop was.

HOERA VOOR MIJ!! ☺

De verkoopster bij de kassa was supervriendelijk. 'Mijn nichtje en neefje gaan allebei naar North Hampton Hills. Je zult het daar GEWELDIG vinden!' zei ze nadat ik had verteld dat ik van school ging veranderen.

Ze wikkelde al mijn aankopen in vloeipapier, deed ze in een enorme tas en gaf die aan mij.

'Oké. Dat is dan 357 dollar. Wil je contant betalen of pinnen?'

'Contant, alsjeblieft,' zei ik terwijl ik in mijn tasje naar mijn portemonnee zocht. Maar om een of andere reden kon ik hem niet vinden. Ik giechelde nerveus tegen de verkoopster en legde mijn tas op de toonbank. Toen zocht ik nog een keer heel goed. Geen portemonnee.

In paniek keerde ik mijn tas om en gooide hem leeg. Alles zat erin, behalve mijn portemonnee. 'OMG!' gilde ik. 'Ik kan mijn portemonnee niet vinden!'

De verkoopster keek me vuil aan en rukte de tas met kleren uit mijn handen, alsof ik er stiekem mee naar buiten wilde sluipen of zo. 'Ik zal DEZE maar even bewaren tot je je, eh... verloren portemonnee weer vindt,' snoof ze.

'Wat? Mijn VADER kan zo een UNIFORMFABRIEK voor me kopen als ik er een zou willen!' snauwde ik tegen haar. 'Maar echt!'

De caissière keek me pissig aan. 'Nou, het is mij een raadsel hoe je vader een fabriek kan kopen als hij nog geen 357 dollar heeft om te betalen voor de artikelen die *jij* uit deze winkel probeerde mee te nemen. Ik heb bijna zin om de BEVEILIGING te bellen!'

Niet vergeten: DEZE dame, net als die andere, laten ontslaan. Daarna de winkel aanklagen!

'Eh, misschien is hij eruit gevallen in de paskamer?' mompelde ik terwijl ik de spullen weer in mijn tas begon te gooien.

Ik kromp ineen toen ik in een koud, nat, GEBRUIKT zakdoekje greep. 'GADVER!! Hoe komt dit in mijn...'

'HET. IS. NIET. WAAR!' gilde ik terwijl ik de winkel uit rende. 'AMANDAAAAA!!!!!'

Amanda zat in het speelkasteel met een zelfvoldane grijns op haar smoel.

'Amanda!' schreeuwde ik. 'Kom UIT dat ding. NU!'

Terwijl ze er langzaam uit klom, zag ik dat ze een grote, opgepimpte plunjezak droeg.

'Geef mijn portemonnee terug!' krijste ik.

Ze ritste een zakje van haar nieuwe tas open, haalde mijn portemonnee eruit en smeet die naar me toe.

'Als je mijn zusje niet was, liet ik je arresteren! En hoe kom je aan geld voor dat ding? Je hebt toch niet je spaarvarken geplunderd? Alweer!'

Amanda sloeg haar armen over elkaar en keek me kwaad aan.

Ik deed mijn portemonnee open en staarde er geschokt in. Er zat nog maar drie dollar in!

'OMG, Amanda! Ik kan niet geloven dat je mijn portemonnee hebt GESTOLEN en al mijn geld hebt UITGEGEVEN!! Kleine blaag van een... DIEF!!'

'Ik heb het geleend! Ik betaal je terug op mijn volgende verjaardag, als de mensen me een heleboel geld geven.' Ze haalde haar schouders op. 'Of anders verkoop ik gewoon mijn barbieverzameling op eBay. Alweer!'

'Je verjaardag is pas over tien maanden!' gilde ik. 'Ik moet mijn schooluniform NU betalen!'

'Maar MacKenzie, kijk nou eens naar mijn fantastische tas!' zei ze. 'Wat vind je ervan? Vind je hem mooi, of vind je hem MOOOOI?'

'Ook al bewonder ik je verfijnde smaak in namaak-Italiaanse handtassen, die je duidelijk van mij hebt geërfd, je zit nu ZO in de problemen!' snauwde ik. 'Hier is mijn portemonnee! Je gaat die tas terugbrengen, je geld terugvragen en dan stop je het er weer IN! Anders zeg ik tegen papa wat je hebt gedaan en dan mag je tot je tiende verjaardag niet meer naar buiten! Heb je dat begrepen?'

'KEF!'

Ik keek haar fronsend aan. 'WAT? Was dat een ja?'

'Nee! Eh... Ik bedoel... oké!' hakkelde Amanda.

'KEF! KEF!'

Ik keek haar doordringend aan.

'Eigenlijk maak ik soms rare geluidjes als ik zenuwachtig ben,' legde ze uit. '"KEF" betekent "oké". Dus kef, ik begrijp het!'

'KEF-KEF! KEF!'

Daar was dat geluid weer! Maar deze keer wist ik dat zij het niet was. Eerlijk gezegd leek het uit haar nieuwe tas te komen.

'Eh... KEF! KEF! KEF!' blafte Amanda, terwijl haar tas begon te schudden.

Plotseling ging de flap open en kroop er een witte pluizenbol uit, kwispelend met zijn staart.

AMANDA IS ER GLOEIEND BIJ!!

'OMG! Een echte PUPPY!' riep ik. 'Amanda, WAAROM zit er een PUPPY in je tas?'

'Omdat alle meisjes op school een pup-in-een-tas krijgen! Dus wilde ik er ook een!'

'Maar Amanda, wij HEBBEN al een hond! Je kunt Fifi toch gewoon in een tas doen?'

Natuurlijk liet ik Amanda de pup en de hondentas naar Puppy Palace terugbrengen en het geld terugvragen. O, wat was ze kwaad!

Toen we langs de speelgoedwinkel kwamen, kreeg Amanda alweer een regelrechte driftbui. Ik greep haar maar bij de arm en probeerde haar mee te sleuren naar het warenhuis, zodat ik mijn schooluniform kon afrekenen en we ons vervolgens uit de voeten konden maken.

En ja! Het was ZOOOO gênant! Maar ik heb haar totaal GENEGEERD!

Tot ze hysterisch begon te krijsen.

AMBER ALERT! HELP! IK WORD ONTVOERD!!

En toen draaide iedereen in het winkelcentrum zich naar me om en begon mij boos aan te kijken, vol wantrouwen. Ik plakte een nepglimlach op mijn gezicht en knuffelde Amanda. 'Kalmeer een beetje, popje!' Toen fluisterde ik in haar oor: 'Verwende BLAAG die je er bent! Als je nu je KOP niet houdt!'

'Maar ik wil mijn pup-in-een-tas! NU METEEEEEEN!!'

'Sorry! Gaat NIET gebeuren! Ik heb niet genoeg geld voor mijn uniform en een pup!'

En toen liet Amanda zich op de grond vallen, kronkelend als een SLANG. 'Ga weg, enge KINDER-LOKKER! HELP! Ik word ONTVOERD! Bel de politie!'

Als ik gearresteerd werd, zou dat mijn kansen om aangenomen te worden op North Hampton Hills TOT NUL REDUCEREN! Gelukkig zag ik een SPEELGOEDuitverkoop! Dus kocht ik Amanda snel om, op voorwaarde dat ze zou stoppen met schreeuwen zodat ik mijn schooluniform en de rest kon afrekenen. Ze ging akkoord!! ☺

IK MET MIJN NIEUWE SCHOOLUNIFORM EN AMANDA MET HAAR NIEUWE SPEELGOEDPUP-IN-EEN-TAS

Ondanks het drama met Amanda ben ik eindelijk helemaal klaar voor mijn eerste schooldag op North Hampton Hills International Academy!

Ik ben echt DOL op mijn nieuwe uniform!

En ik zie er straks absoluut FANTASTISCH uit!!

HOERA VOOR MIJ!! ☺

TOEDELS!

MIJN GEMEENSTE WIJSNEUS-BRIEVEN VAN DE DAG

Vandaag heb ik TWEE brieven:

* * * * * * * * * * * * * * * *

Lieve Wijsneus,

Er zit een jongen bij mij op school die ik leuk vind. Hij is een sporter, heel knap, cool en populair. Als we alleen zijn is hij superaardig. Maar als zijn vrienden erbij zijn, doet hij alsof ik lucht ben. Vindt hij me wel leuk?

Bedankt,
Onzichtbaar Meisje

* * * * * * * * * * * * * * * *

Lief Onzichtbaar Meisje,

Als deze jongen bij de MPJ's hoort, ben jij duidelijk niet goed genoeg voor hem!

Misschien negeert hij je als zijn vrienden erbij zijn omdat hij zich voor je schaamt. Jongens als hij willen een slim, mooi en rijk vriendinnetje om mee te pronken.

Ik weet zeker dat hij je gewoon gebruikt, misschien omdat je slim bent en hem met zijn huiswerk helpt. Of misschien heeft hij altijd honger en geef jij hem elke dag de lekkerste dingen van je lunch.

Mijn advies is dat je mij zijn foto en naam doorgeeft, want hij klinkt als mijn type en we hebben vast veel met elkaar gemeen!

HOERA VOOR MIJ!! ☺!!

Wijsneus

* * * * * * * * * * * * * * * *

Ik weet HEEL zeker dat de volgende brief van mijn achterbakse ex-BFF Jessica is.

* * * * * * * * * * * * * * * *

Beste Wijsneus,

Ik heb dus een gigantisch BFF-probleem! Als ik mijn populariteit belangrijker vind dan mijn BFF en haar uit mijn leven gooi als een schimmelige pizzapunt van twee weken oud, ben ik dan een slecht mens? In het geheim bewonder ik haar nog steeds, maar ik wil niet meer samen met haar gezien worden.

Ze was de koningin van de MPM's. En toen ze van alle meisjes op school mij als haar BFF uitkoos, steeg mijn coolheidsfactor dus van 6 naar 100! Ik kreeg een heleboel coole vrienden, werd voor de hotste feesten uitgenodigd en mocht in haar SCHOENENKAST, die zo groot is als een penthouse!!! Het was alsof ik de BFF-jackpot had gewonnen!

En toen veranderde dus ineens alles! Populariteit is even grillig als schoenentrends – vandaag moet je peeptoe-laarsjes hebben en een week later zijn die helemaal uit en loopt iedereen op flatjes met diamantjes. Zoiets gebeurde dus ook met mijn dinnetje. Ze maakte één foutje! En ineens is ze nog

MINDER populair dan een paar versleten plastic regenlaarzen in een designerschoenenwinkel. Ze is niet meer dat bijzondere meisje met wie ik vroeger zo graag BFF wilde zijn.

Nu zijn de MPM's dus op zoek naar een nieuwe It-girl en krijg IK eindelijk de kans het meisje te worden op wie iedereen jaloers is en dat iedereen wil zijn. Maar als ik met mijn BFF blijf omgaan, kan MIJ dat even impopulair maken als zij! Ik weet niet eens of ik haar nog moet uitnodigen voor mijn verjaardag, binnenkort bij de countryclub.

Dus, moet ik mijn BFF dumpen en mijn droom najagen om de volgende koningin van de MPM's te worden (en maar zien te leven met het schuldgevoel?). Of moet ik de trouwe vriendin van ~~MacKen~~ mijn BFF blijven (terwijl zij zich dus echt supergênant gedraagt) en de kans laten schieten om eindelijk ECHT gelukkig te worden?

MPM-Prinses

* * * * * * * * * * * * * * * *

Lieve MPM-Prinses,

Pardon? Jij zou juist DANKBAAR moeten zijn dat je GEWELDIGE BFF jou met je stinkende poten maatje ROEIBOOT in de buurt van haar designerstiletto's liet komen!

Maar echt! Ze was niet VERPLICHT om medelijden te hebben met een impopulaire WANNABE zoals jij! Je mag blij zijn dat ze je niet ter plekke afkraakte toen je op Justins feestje verscheen in die afgrijselijke fluorescerend oranje jurk die je (duidelijk seniele) oma voor je had gemaakt.

En die limegroene SNOTPEGEL aan je neus, was die als accessoire bedoeld? Of had je dat ding zo groot als een strandbal niet zien meedeinen in de wind toen je in de spiegel keek? Maar je trouwe BFF racete naar huis en kwam terug met een superschattige designerjurk die jij aan kon op het feest, PLUS een zakdoekje voor die gigantische snottebel.

Je mag blij zijn dat je BFF jou niet gedumpt heeft toen ze je erop betrapte dat je jezelf online voor haar uitgaf, om met leuke jongens te kunnen chatten! Maar ik snap het wel – jij wilt haar ZO GRAAG zijn omdat je zelf nog niet de aandacht van een LELIJKE gast kan trekken als hij UITGEHONGERD is en er een GRATIS broodje warm vlees om je nek hangt!

Je BFF had ook iedereen je diepste, duisterste geheimen kunnen vertellen, zoals dat je tot je ELFDE in bed hebt geplast! Maar in plaats daarvan heeft zij je van slonzige NUL geüpgraded tot MPM, en DIT is hoe je haar daarvoor bedankt? Door haar te verraden, zodat JIJ de nieuwe MPM-koningin kunt worden?!

Sorry! Maar jij zult NOOIT haar kroon overnemen als slimste, mooiste en vurigste diva van allemaal! Dus doe jezelf een lol en verspil je tijd niet met proberen! En laat ik niet merken dat je weer loopt te vuilbekken achter ~~mijn~~ je BFF's rug!

Wijsneus

MAANDAG 21 APRIL

Lieve Nikki,

Je hebt alle roddels over mij en mijn BFF Jessica vast al gehoord. Of eigenlijk moet ik zeggen: mijn EX-BFF Jessica.

Sinds ik haar en mijn MPM-vriendinnen heb zien lachen om dat filmpje ben ik zo boos dat ik wel kan...

GILLEN! 😠!!

En dan had Jessica ook nog het LEF om die brief naar Wijsneus te sturen en me zo door het SLIJK te halen!

Kom op zeg, WIE doet een ander nou zoiets aan?

Oké, oké! Ik geef toe dat IK andere mensen soms zoiets aandoe.

Maar absoluut NIET mijn beste vriendin!!

Ik stond in de meisjes-wc's gewoon mijn ding te doen en een nieuwe laag lipgloss aan te brengen. Toen paradeerde Jessica naar binnen, samen met een paar andere MPM's. Ik kon NIET geloven dat ze het lef had om op die manier met haar ogen naar me te rollen.

Dus ik zei: 'Sorry, Jessica! Maar ik kon het echt NIET waarderen dat je zo'n lol had om dat filmpje van mij. Maar *haters gonna hate!*'

En toen zei zij: 'Serieus, MacKenzie! Ik weet echt niet waar je het over hebt!'

En toen zei ik: 'O nee? Ik heb anders gehoord dat je achter mijn rug om gemene dingen over me zegt, omdat je mijn positie als populairste meisje wilt overnemen!'

Toen werd het heel erg stil, en alle MPM's staarden Jessica alleen maar aan en wachtten op het slappe excuus dat zij zou geven voor haar gemene dolksteek in mijn rug. En toen zei Jessica: 'MacKenzie! TE ERG GEWOON...'

Ik kon NIET geloven dat ze dat zomaar tegen me zei! Dus gaf ik haar een uitbrander.

IK GEEF JESSICA EEN UITBRANDER IN DE MEISJES-WC'S!!

Ik heb het echt helemaal gehad met Jessica!! Ik heb haar lelijke kop al ontvriend op Facebook. Het kan me niet eens schelen als ze me NIET voor haar stomme verjaardagsfeest uitnodigt!

Hoe dan ook, alsof DAT nog niet voldoende DRAMA voor één dag was, moest ik bij biologie deel twee ook nog aanschouwen.

Het was heel duidelijk dat Brandon en jij tijdens de les nog steeds boos op elkaar waren. Hij negeerde JOU nog steeds totaal, en jij negeerde HEM ook totaal.

Dus toen besloot ik het heft in eigen hand te nemen.

Als jij Brandons brief zou LEZEN, zou ik misschien niet meer hoeven toekijken hoe jullie allebei deden alsof de ander lucht was.

Dus nam ik vandaag na biologie de verantwoordelijkheid voor mijn daden en deed ik het beste wat ik kon doen!

IK HING BRANDONS BRIEF WEER OP JOUW LOCKER! ☺

Terwijl ik gewoon een beetje bij mijn locker in ~~jouw~~ MIJN dagboek stond te schrijven, zag ik dat jij bleef staan, verrast naar zijn brief staarde en hem snel openmaakte:

Hoi Nikki,

Brandon hier. Voor je deze brief verfrommelt en weggooit, hoop ik dat je hem even wilt lezen.

Ik weet nog steeds niet wat er precies is gebeurd, maar ik baal echt dat we niet meer met elkaar omgaan. Biologie is gewoon niet meer hetzelfde zonder dat wij samen zitten te prutsen en jij om mijn flauwe grappen lacht. Ik mis het om samen de honden te wassen bij Vrolijke Viervoeters, zelfs al zit er uiteindelijk meer hondenshampoo op ons dan op de honden. En zij missen jou ook!

Komt het door die... eh, nou ja, de kusjeskraam aan het eind van het feest? En de roddel van daarna? Het spijt me als je je daar rot over voelt. Ik wou maar dat ik niets had gedaan om onze vriendschap te verpesten.

Je zei iets van dat je me eigenlijk niet goed kent. Wat als we nu eens na school afspreken bij de CupCakerij om een paar red velvet-cupcakes te eten – ik trakteer! Dan vertel ik je alles wat je over me wilt weten (zonder bang te zijn dat je me raar zult vinden). Ik heb geleerd dat echte vriendschap niet kan bestaan zonder eerlijkheid en vertrouwen.

Als je besluit om NIET te komen, begrijp ik dat. Dat zal dan wel betekenen dat ik jouw vriendschap niet waard ben. Maar ik zou zo blij zijn als je me nog een kans gaf.

Je verwarde vriend,
Brandon

OMG, Nikki! Toen je die brief had gelezen, was je ZO blij dat je 'IEIEIEIE!!' piepte, als een muisje! Toen begon je te giechelen en deed je ter plekke in de gang een heel raar dansje.

Je stuurde Chloë en Zoey een berichtje met dit nieuws en ze kwamen naar je toe rennen terwijl ze krijsten alsof je Taylor Swift was of zo.

Toen deden jullie een groepsknuffel met zijn drieën!

Ik begreep niet waarom ik jullie voor na school bij jou thuis hoorde afspreken, om te beslissen wat jij aan zou doen.

Pas toen jij al was weggelopen, snapte ik EINDELIJK dat jij dacht dat je na school een afspraak met Brandon had... VANDAAG!!

Ik geef toe dat het misverstand voor een deel MIJN schuld was!

Maar serieus, Nikki, NIET te geloven:

JIJ WACHTTE TWEE UUR GEDULDIG OP BRANDON BIJ DE CUPCAKERIJ EN HIJ KWAM NIET OPDAGEN!

Ik kan het je absoluut niet kwalijk nemen dat je nog PISSIGER op hem bent nu hij je zo heeft laten zitten! Vooral nadat hij zijn hart heeft uitgestort in die zoetsappige brief aan jou.

Ik begrijp dat je nog ERGER in de war bent dan een KAMELEON in een zak SKITTLES! Je relatie met Brandon is GEDOEMD te mislukken! En het komt NOOIT, NOOIT meer goed! ☹

HOERA VOOR MIJ!! ☺ Het spijt me dat ik er geen spijt van heb!!

Maar goed. Ondanks je teleurstelling dat het ZO voorbij is tussen Brandon en jou moet je maar niet gaan zwelgen in zelfmedelijden.

Sommige mensen hebben VEEL ergere problemen dan jij! En met 'mensen' bedoel ik: meisjes zoals IK!! ☹

Ik ben zo KWAAD op mijn OUDERS dat ik wel kan...

GILLEN!! 😠!

Na het eten probeerde ik een open gesprek met mijn ouders te voeren over mijn overstap naar North Hampton Hills International Academy!

En zoals gewoonlijk NEGEERDEN ze zo'n beetje elk woord dat ik zei. Papa zat de krant te lezen. En mama checkte haar kapsel en deed iets van haar negende laag lippenstift op (ze is VERSLAAFD aan lippenstift).

En als je het wilt weten: Amanda had ondertussen boven een driftbui. WAAROM? Omdat ze haar speelgoedpup zindelijk probeerde te maken. En toen heeft ze hem per ongeluk laten VALLEN en raakte het TOILET verstopt!

Ja, ik weet het!! Dat kind heeft SERIEUZE problemen!!

Hoe dan ook, ik smeekte, ik krijste en ik huilde.

Ik maakte er zo'n show van dat ik een Oscarnominatie voor de Meest Dramatische Zenuwinzinking in de Familiesfeer verdien.

IK KRIJG EEN COMPLETE ZENUWINZINKING TERWIJL MIJN OUDERS ME GEWOON NEGEREN!!

Dus toen zei ik: 'Mama! Papa! Jullie begrijpen het niet! Ze HATEN me op school!! Elke dag zie ik ze naar dat filmpje kijken van mij met dat insect in mijn haar! En dan liggen ze in een deuk en lachen ze me UIT alsof ik een of ander IMPOPULAIR meisje ben of zo!'

'Lieverd, ZO erg kan het toch niet zijn? Vorige week vertelde je nog hoeveel vrienden je hebt en hoe blij je bent met je school! Die kinderen beschouwen het gewoon als een onschuldig grapje. Ik weet zeker dat ze het niet zo kwaad bedoelen,' zei mijn moeder.

'WEL waar! Het is een MARTELING om daar elke dag naartoe te moeten en dat filmpje te zien! Ik moet Z.S.M. naar North Hampton Hills International Academy! Liefst morgen al! AH, TOEOEOE?!'

'Kalmeer een beetje, MacKenzie. Het is zomaar een filmpje dat de kinderen aan elkaar doorsturen. Morgen hebben ze waarschijnlijk alweer iets anders om naar te kijken,' zei mijn vader streng.

'Maar het verwoest mijn LEVEN!' riep ik, hysterisch snikkend.

'Welnee,' zei mijn vader. 'Maar als die pestkop, Nicholas...'

'Papa! Ze heet NIKKI!' schreeuwde ik.

'Goed... NIKKI dan! Als die pestkop, Nikki, het filmpje nou op internet had gezet, dan was het andere koek geweest. Dan zouden we zeker weten dat ze kwade bedoelingen had. Dan zou ik het niet als een onschuldig grapje beschouwen.'

'Ze is duidelijk over haar toeren, Marshall! Misschien moeten we een afspraak met directeur Winston maken,' zei mijn moeder, terwijl ze op haar horloge keek. 'Ik heb over twintig minuten een vergadering over ons jaarlijkse benefiet voor het kinderziekenhuis. We zullen dit gesprek dus later voortzetten, lieve MacKenzie. Nelson wacht al op me in de auto,' zei ze terwijl ze me op mijn voorhoofd kuste. 'Toedels!'

'Maar MAM!' kreunde ik. 'Alsjeblieft! Niet weggaan!'

'Oké, dit is het plan,' zei mijn vader, terwijl hij doorbladerde naar de beursberichten en fronsend naar de getallen keek. 'We kijken het nog een maandje aan. Als het dan niet beter is geworden, houden we een babbeltje met je directeur om dit tot op de bodem uit te zoeken.'

'MAAR WAT MOET IK DAN TOT DIE TIJD?' krijste ik op de toppen van mijn longen.

Toen keken mijn ouders elkaar nerveus aan en spraken vier woorden uit. En NEE! Die woorden waren niet: 'GOED, je mag overstappen!'

Ze zeiden: 'WE BELLEN DOKTER HADLEY!'

Ik had zoiets van: 'PARDON? SORRY? Maar ik heb nu ECHT geen therapiesessie nodig!!'

Als ik ADVIES wilde over mijn problemen, zou ik wel aan Wijsneus schrijven, de website hacken en een antwoord sturen aan MEZELF!!

'Wat ik nodig heb, is dat jullie me inschrijven bij North Hampton Hills International Academy! NU!'

OMG! Ik was zo RAZEND op mijn ouders.

Toen flipte ik totaal en schreeuwde...

IK FLIP TOTAAL EN SCHREEUW TEGEN MIJN OUDERS!!

Toen rende ik naar mijn kamer en sloeg de deur hard dicht!

MAAR ECHT! Mijn ouders zijn zulke IDIOTEN!!

Ze willen dat ik blijf WEGROTTEN op WCD, terwijl iedereen me daar elke dag uitlacht alsof ik een soort impopulaire LOSER ben!!

TE ERG GEWOON!!!

HOE KUNNEN MIJN BLOEDEIGEN OUDERS NOU VINDEN DAT HET FILMPJE GEEN SERIEUS PROBLEEM IS ZOLANG NIEMAND HET ONLINE HEEFT GEZET??

Nou, mama en papa!!!

Wat denken jullie?

DAT kan worden GEREGELD!!

IK CYBERPEST MEZELF DOOR MIJN EIGEN FILMPJE ONLINE TE ZETTEN!

Nu mijn denkbeeldige cyberpester dat afgrijselijke filmpje online heeft gezet, zullen mijn ouders het ZO zielig voor me vinden dat ik EINDELIJK van school mag veranderen!!

HOERA VOOR MIJ!! ☺

North Hampton Hills International Academy, IK KOM ERAAN!!!

TOEDELS!

MIJN GEMEENSTE WIJSNEUS-BRIEF VAN DE DAG

Ik weet bijna zeker dat de volgende brief van Marcy is, dat supervreemde verlegen vriendinnetje van je. Zij heeft toch een BEUGEL?

* * * * * * * * * * * * * * * *

Lieve Wijsneus,

Ik voel me diep ongelukkig sinds ik gehoord heb dat ik een beugel moet.

Ik schaam me om het toe te geven, maar zodra de orthodontist het me vertelde, zat ik te huilen in de tandartsstoel. Eerlijk gezegd ben ik al onzeker en dit hele beugelfiasco maakt het allemaal nog veel erger.

Als ik in de spiegel kijk, zie ik in mijn verbeelding steeds een lelijke griezel met prikkeldraadtanden naar me terugkijken. Het is een gevecht om de schooldag zonder huilen door te komen.

Je kent vast wel van die horrorverhalen over kinderen met een beugel die genadeloos worden gepest en uitgescholden. Waarom moeten mensen een meisje natrappen als ze toch al op de grond ligt?

Ik voel me gefrustreerd, ellendig en alleen. Ik heb mijn vriendinnen hier niets over verteld, omdat zij de laatste tijd zelf ook problemen hebben.

Maar ik weet dat jij me bemoedigend kunt toespreken en me advies kunt geven, precies wat ik nodig heb om hier doorheen te komen. Help me alsjeblieft!

Bedroefd om beugel

* * * * * * * * * * * * * * * *

Omdat dit meisje (Marcy?) klinkt als een volslagen IDIOOT, ben ik van plan haar morgen mijn advies te mailen.

WAARSCHUWING: Deze brief is zo GEMEEN dat hij waarschijnlijk minstens drie dagen nablijven oplevert! Sorry, Nikki! ☺

* * * * * * * * * * * * * * * *

Beste Beugelbekkie,

Schreef ik je naam nou goed? Of was het IJzersmoel? Of misschien toch STAALHAPPER! Sorry, liefje. Ik ben soms zo vergeetachtig! Hoe dan ook, een beugel is toch niet zo erg? Laten we de voor- en nadelen eens bekijken.

VOORDELEN:

1. Je kunt als bijbaantje kaas raspen met je tanden in restaurant De Olijventuin!

2. Je kunt je mond ook gebruiken als papierversnipperaar en kettingzaag!

3. Met al het eten dat in je beugel blijft hangen heb je altijd een draagbaar, GRATIS, onbeperkt buffet bij je!

NADELEN:

1. Er lopen steeds mensen achter je aan omdat ze dan een beter bereik hebben met hun mobiel.

2. Een vriendje met een beugel kan letterlijk uitdraaien op een kus des doods. Als jullie beugels in elkaar haken, moeten jullie samen naar de orthodontist om een chirurgisch einde aan de kus te laten maken!

3. Op een heel heldere dag kun je buitenaardse signalen van de MARSMANNETJES opvangen!

Wacht eens! AL deze punten klinken als nadelen, vind je ook niet?

Ach ja! Zo jammer voor je!

Gelukkig heb ik zelf ALTIJD perfect rechte, parelwitte tanden gehad!

HOERA VOOR MIJ!!

Wijsneus

DINSDAG 22 APRIL

Lieve Nikki,

Ik dacht dat het nooit zou gebeuren!

Vandaag is mijn LAATSTE DAG op Westchester Country Day Middle School!! ☺

HOERA VOOR MIJ!! ☺

Alles ging precies zoals ik had bedacht.

Mijn ouders zagen het filmpje van mij dat op internet was gezet door die AFSCHUWELIJKE PESTKOP bij mij op school.

Namelijk: door JOU!

Ik was er zo overstuur van dat ik mezelf gisteravond in slaap heb gehuild.

Mijn ouders hadden ZO'N medelijden met me!

Dus vanmorgen namen ze direct contact op met North Hampton Hills International Academy en regelden ze mijn overstap. HOERA VOOR MIJ!! ☺

Bij mijn toelatingsgesprek heb ik grote indruk op de directrice gemaakt. Ze zei dat ik een aanwinst voor hun instituut zou zijn.

Dus donderdag maak ik voor al mijn vakken een ingangstoets.

Terwijl ik dit schrijf zitten mama en papa op de administratie van WCD het papierwerk af te ronden. Intussen haal ik mijn locker leeg en pak ik mijn persoonlijke eigendommen in.

Of eigenlijk houd ik toezicht op de verhuizer.

Als ik hier wegga, WEET ik gewoon dat jij en je BFF's me in de gang onbeschoft zullen staan AANSTAREN terwijl jullie je afvragen wat er aan de hand is.

Maar ik zal jullie gewoon NEGEREN, zoals altijd!

IK STAP OVER VAN WCD NAAR NORTH HAMPTON HILLS INTERNATIONAL ACADEMY!! ☺

En ja! Ik weet dat mijn plotselinge vertrek veel onbeantwoorde vragen zal oproepen. Maar geloof de gemene roddels maar niet.

De waarheid is dat ik waarschijnlijk in Hawaï zal zitten, op een jacht van dertig meter lang, met een superschattige zomerjurk en bijpassende sandaaltjes aan, terwijl ik nippend van een ananas-mangosmoothie aan mijn verslag over de vulkanen van Hawaï zit te werken, samen met de knappe, rijke en chique leerlingen van North Hampton Hills International Academy uit mijn werkgroep!!

HOERA VOOR MIJ!! ☺

Had ik al gezegd dat de meeste leerlingen daar kinderen zijn van beroemdheden, politici, zakenmagnaten of de allerhoogste adel?

Ik vergat haast nog te zeggen dat er een kleine wijziging is in de plannen voor je dagboek.

Ten eerste ben ik nu totaal verslaafd aan dagboekschrijven!

En ten tweede vind ik dat de hele WERELD moet kunnen lezen wat jij in je dagboek schrijft!

Vergeet ook niet dat mijn laatste CADEAUTJE voor jou op maandag 28 april wordt afgeleverd.

Nadat je wegens cyberpesten van WCD bent GETRAPT, zul jij ook een nieuwe school nodig hebben!

En wat je ook doet, ga ALSJEBLIEFT niet naar North Hampton Hills International Academy! ☺

TOEDELS!

PS Ik heb een afscheidsbriefje voor je op mijn oude locker geplakt!

MIJN GEMEENSTE WIJSNEUS-BRIEF VAN DE DAG

Helaas had ik het vandaag veel te druk met mijn nieuwe school en zo om nog een probleembrief te beantwoorden.

En omdat ik het op mijn nieuwe school superdruk ga krijgen met al mijn nieuwe vrienden, kun je dit beschouwen als mijn officiële ONTSLAGBRIEF!

Ik heb er enorm van genoten om Wijsneus te zijn! Het leek wel liefdadigheidswerk om een paar hopeloze kneuzen tegen zichzelf te beschermen. Maar het belangrijkste is dat IK er vanbinnen zo'n heerlijk warm gevoel van kreeg!

Ik denk oprecht dat deze ervaring mijn leven ten goede veranderd heeft en een aardiger, meelevender mens van me heeft gemaakt.

MAAR NIET HEUS!! ☺!!

WOENSDAG 23 APRIL

OMG!

JE GELOOFT NOOIT WAT ME GISTEREN IS OVERKOMEN!!

TRING
TRING
TRING!!

KNAL!!

BAF!!

?!
IK MOET ANDER WERK ZOEKEN!!

?!!
RATS!!

IEIEIE!!

DONDERDAG 24 APRIL

IK HEB EINDELIJK MIJN DAGBOEK TERUG!! IEIEIEIËIE!! ☺

IK BEN ZO BLIJ DAT IK HET WEL KAN...

← ZOENEN!

TWEE. HELE. WEKEN!!!

is het weggeweest.

En al die tijd was ik een emotioneel

WRAK!!

Mijn BFF's en ik hebben er OVERAL naar gezocht! Eigenlijk had ik de hoop al opgegeven dat ik mijn dagboek OOIT nog zou vinden.

En die arme Zoey dacht dat het haar schuld was! Ze dacht dat het uit mijn rugzak was gevallen toen zij daar kauwgom uit wilde pakken.

Ik zei dat het gewoon een ongelukje was, als het al zo gebeurd was, en dat ik niet boos op haar was.

Maar Zoey vond het EVENGOED haar schuld en bleef maar zeggen dat ze de Slechtste. Vriendin. OOIT was!

Ze liep er al een EEUWIGHEID over te mokken en Chloë en ik maakten ons zorgen over haar.

Maar toen ik Zoey mijn dagboek liet zien was ze zo blij dat ze in tranen uitbarstte!

Nu heb ik mijn dagboek EN mijn BFF Zoey terug! ☺

IEIEIEIE!!

Het GEKSTE is nog dat mijn dagboek er heel anders uitzag toen ik het terugvond.

De ACHTERBAKSE DAGBOEKDIEF had het een SUPERschattige MAKE-OVER gegeven met een FANTASTISCHE nieuwe kaft in LUIPAARDprint!

Precies dezelfde print als van die dure designerblouse die ik voor 220 dollar in het winkelcentrum heb zien hangen!

Op de dag dat mijn dagboek verdween had ik al mijn vermoedens. Ik wilde in de hele school posters ophangen met mijn HOOFDVERDACHTE erop...

Helaas had ik geen enkel bewijs dat zij de SCHURK MET DE LANGE VINGERS was die het gestolen had.

Hoe dan ook, ik kon NIET geloven wat MacKenzie allemaal in MIJN dagboek had geschreven!

Ik ben tot na middernacht wakker gebleven om alles te lezen wat ze geschreven heeft. TWEE KEER! Ze gaf me echt een inkijkje in haar hoofd.

Hoe mooi en populair ze ook is, haar leven is lang niet zo perfect als iedereen denkt.

Ze doet maar alsof.

En ja, ik weet dat MacKenzie gestrest is door alle drama's in haar leven, zoals 1. het nablijven, 2. het torfilmpje, 3. dat ze haar BFF Jessica is kwijtgeraakt, 4. haar krankzinnige jaloezie op mijn vriendschap met Brandon en 5. dat ze naar een andere school wil.

Maar DAN NOG!! Zoals mijn oma altijd zegt: 'Alles gebeurt met een reden. En soms is die reden dat jij de VERKEERDE keuzes maakt!'

MacKenzie veroorzaakt een heleboel van haar eigen problemen zelf en geeft dan anderen de schuld.

Maar de grootste SCHOK was nog om te ontdekken hoe DUIVELS ze is.

HOE duivels IS ze?

Als het leven ROET bij haar in het eten gooit, duwt zij de zwarte prak bij een ander door de STROT! Ik zeg het maar even.

Ik zou het zielig vinden als ze niet zo VALS was.

Hoe dan ook, het wordt nog ONGELOFELIJKER!

MacKenzie vond mijn gebruikersnaam en wachtwoord in MIJN dagboek en HACKTE mijn Wijsneus-website! ☹

Ik verzin dit niet!!

Toen schreef ze een stel SMERIGE en GEMENE adviesbrieven aan nietsvermoedende leerlingen.

Het was haar bedoeling om MIJ van school te laten trappen wegens CYBERPESTEN!!

Kom op zeg, WIE doet nou zoiets?

Gelukkig staat Wijsneus pas op maandag 28 april weer in de schoolkrant, dus ik heb nog tijd genoeg om alle schade te herstellen en haar brieven te wissen.

Maar ik maak me TOCH zorgen over haar DREIGEMENT dat ze op maandag 28 april een VERRASSING voor me heeft! ☹

En dan komt nu het SCHOKKENDSTE nieuws!!

MACKENZIE HOLLISTER STAPT OVER NAAR EEN ANDERE SCHOOL!

En gisteren was haar laatste dag op WCD!

JA! Ik weet dat het heel moeilijk te geloven is! Maar het is WAAR!! De hele school roddelt erover, zelfs de leraren.

Die DRAMAQUEEN is weg uit mijn leven! VOOR ALTIJD!! JOEHOE!!

IK DOE MIJN BLIJE SNOOPYDANS OMDAT MACKENZIE WEG IS!!

Nu MacKenzie is opgehoepeld, kan ik het EINDELIJK goed proberen te maken met Brandon zonder dat ZIJ zich ermee bemoeit! ☺

Hij heeft het de laatste tijd SUPERdruk met foto's maken voor de schoolkrant en het jaarboek.

We hebben elkaar zo'n beetje genegeerd en nauwelijks iets tegen elkaar gezegd na die grote ruzie bij mijn locker van een paar weken geleden.

Het ging van kwaad tot erger toen Brandon die geweldig lieve excuusbrief had geschreven waarin hij me uitnodigde om samen naar de CupCakerij te gaan. Ik heb daar EEUWEN op hem zitten wachten, maar hij kwam gewoon niet opdagen! ☹

Ik was boos op HEM, want ik dacht dat hij me had laten zitten omdat HIJ nog boos was op MIJ. En ja! Ik weet dat het krankzinnig klinkt.

Maar MacKenzie heeft in mijn dagboek geschreven dat ZIJ erachter zat. Dat ze iedereen MANIPULEERDE en al het DRAMA veroorzaakte.

Ik moet toegeven dat ik Brandon de afgelopen paar weken echt heb gemist. Ik moet hem morgen spreken en sorry zeggen voor alles.

Hoe dan ook, nu MacKenzie naar een andere school is, wordt mijn leven op WCD EINDELIJK DRAMAVRIJ en helemaal PERFECT!!

IEIEIEIEIE!!

☺!!

NIET VERGETEN:

Chloë was vandaag en gisteren niet op school en ze heeft niet op mijn berichtjes gereageerd.

En dat is heel VREEMD!

Hopelijk heeft Zoey iets van haar gehoord!

Maar als dat NIET zo is...

1. Vanavond Chloë bellen om te vragen of alles goed is!!

2. Haar het FANTASTISCHE nieuws vertellen dat ik EINDELIJK mijn dagboek terug heb!! ☺

3. Haar laten weten dat we ons geen zorgen meer hoeven te maken over Zoey, omdat die weer haar gewone vrolijke zelf is. IEIEIE!!

EN OOK:

Niet vergeten om alles aan Brandon uit te leggen en sorry te zeggen!

VRIJDAG 25 APRIL

AAAAAAHHHH!!! ☹

(Dat was ik, terwijl ik gilde!)

Ik dacht dat alles veel beter zou worden nu MacKenzie weg is.

Maar vandaag blijkt de ERGSTE dag OOIT!!

Als Chloë er vandaag weer niet zou zijn, had ik al besloten na school met Zoey bij haar thuis langs te gaan.

We bellen, appen en mailen Chloë sinds woensdag allebei bijna non-stop, maar we hebben niets van haar gehoord.

Geen KIK!!

Hoe zit DAT nou weer?

Eerst was Zoey raar aan het doen, en nu Chloë? HEEL FIJN!! ☹

Ik was bang dat er woensdag op weg naar school iets ERGS met Chloë was gebeurd.

Dat ze bijvoorbeeld ontvoerd was door tienerzombies. En dat die haar gegijzeld hielden omdat ze haar tot KONINGIN van de tienerzombies wilden kronen.

JAKKES!! ☹

Hé, dat zou toch kunnen?

EINDELIJK zagen we Chloë na het tweede uur bij de administratie vandaan komen. Zoey en ik waren SUPERblij en bijna HYSTERISCH.

We renden naar haar toe en gilden: 'Chloë! Chloë! OMG! Waar ZAT je toch? We hebben geprobeerd je te bereiken! Heb je niet gezien dat je voicemails, apps en mailtjes van ons had? Is alles in orde? Was je ziek? We hebben je gemist! Moet je horen! We POPELDEN om je het grote nieuws te vertellen. HET DAGBOEK IS TERUG!!! IEIEIE!!'

Maar toen gebeurde er iets heel vreemds...

ZE ROLDE MET HAAR OGEN EN LIEP ONS STRAAL VOORBIJ!

We stonden met open mond naar onze BFF te staren!

Chloë deed alsof we lucht voor haar waren. Ik kon NIET geloven dat we ZO werden GEDIST!

Zoey en ik waren gekwetst en begrepen er niets van! Maar we waren vooral gefrustreerd door alle onbeantwoorde vragen.

Waarom had Chloë niet gereageerd op die miljoenen voicemailberichten, appjes en mailtjes?

Wat maakte haar zo boos?

Waarom was ze niet op school geweest?

Was ze boos op ONS?

En zo ja, waarom dan?

Maar we kregen de kans niet om het te vragen, want ze MOKTE tijdens gym en bij de lunch was ze zo CHAGRIJNIG dat ze niet met ons wilde praten.

Maar Zoey en ik waren VASTBESLOTEN. We gaven onze BFF NIET zomaar op.

Dus beraamden we een GEHEIM PLAN.

Later die dag, als we met zijn drieën boeken gingen terugzetten in de bibliotheek, zouden we SUPERlief en aardig tegen Chloë zijn om haar op te vrolijken.

Zodra ze dan een beter humeur had, zouden we proberen haar te laten vertellen wat haar dwarszat.

En aan het einde van het uur zouden we een groepsknuffel doen en weer BFF's zijn. IEIEIEIE!!

Zeer binnenkort meer...

ZATERDAG 26 APRIL

Toen ik stopte met schrijven wilden Zoey en ik net aan ons geheime plan voor de CHLOË-CRISIS beginnen.

'Vervelen jullie je ook zo?' vroeg ik terwijl ik de schone bibliotheektafels nog eens afstofte.

'We kunnen altijd nog potloodstrepen uit de woordenboeken gaan gummen,' stelde Zoey voor.

'ZO erg is het nou OOK weer niet!' gromde ik. 'Heb jij een beter idee, Chloë?'

Zoey en ik keken haar hoopvol aan. Maar ze staarde voor zich uit en zei geen woord.

'Wat heb je toch, Chloë? Je bent de hele dag al SUPERstil. Is er soms iets mis?' vroeg Zoey.

Chloë beet op haar lip en schudde haar hoofd.

'Ik heb een idee. Als we ons zo vervelen, kunnen we Chloës lievelingsspel doen!' riep ik uit. 'Hints!'

'Klinkt goed!' stemde Zoey in.

'Altijd beter dan potloodstrepen uitgummen,' zei ik. 'Chloë, jij mag eerst.'

Chloë stond daar maar met haar armen over elkaar en een niet-geamuseerde blik in haar ogen.

'Hmm...' zei ik, terwijl ik op mijn hoofd krabde. 'Geen beweging, lege blik. Je bent een... ROTS?'

Chloë keek me kwaad aan en schudde haar hoofd.

'Een BOOM dan?' raadde Zoey.

Chloë rolde voor de tiende keer die dag met haar ogen en stond volmaakt bewegingloos. Toen kwam er een creatieve gedachte in mijn hoofd op.

'Ik weet het! Je bent een heel BOOS STANDBEELD!' riep ik. 'Klopt dat?'

FOUT!! Chloë keek me zo kil aan dat ik zowat VRIESWONDEN opliep! AU!!

CHLOË WERPT ME EEN KILLE BLIK TOE TIJDENS ONS GEZELLIGE POTJE HINTS!

Volgens mij irriteerde mijn ontzettend creatieve gok Chloë nogal, want ze balde haar vuisten en stormde de bieb uit.

'Wacht! Waar ga je heen?' riep ik haar na. 'Zoey en ik zijn nog niet eens aan de beurt geweest!'

Chloë keek me kwaad aan en sloeg de bibliotheekdeur keihard dicht. BAM!!!

'Wat was dat nou?' vroeg ik, totaal in de war. 'Heb ik iets gemist?'

'Wij allebei, denk ik,' zei Zoey ernstig. 'Chloë is duidelijk boos en ze wil niet meer met ons praten!'

'Maar waarom dan?' vroeg ik verbluft. 'Wat hebben we gedaan of gezegd om haar zo boos te maken?'

'Ik heb geen flauw idee!' Zoey haalde haar schouders op. 'Meestal is ze zo lief en vrolijk. Misschien heeft ze gewoon een slechte dag.'

'Het voelt meer als een slechte WEEK!' zei ik met een zucht.

'Nou, laten we haar dan maar met rust laten. Hopelijk voelt ze zich morgen weer beter,' zei Zoey.

'Als jij het zegt. Maar het voelt alsof ze met de minuut een ERGERE hekel aan ons krijgt,' klaagde ik.

Zoey schudde haar hoofd en slaakte een lange, verdrietige zucht.

'We moeten er zijn voor Chloë zodra ze met ons wil praten. Vergeet niet... "Een vriend is iemand die het LIED in jouw HART kent en het voor je kan ZINGEN als jij de WOORDEN VERGETEN BENT!" – Auteur onbekend.'

OMG! Zoiets aardigs, attents en medelevends had ik nog nooit gehoord.

Zoey is de BESTE vriendin ooit!

En als het op ingewikkelde gevoelens aankomt is ze

net een tienerversie van dr. Phil, met glitterlipgloss en skinny jeans.

We hadden geen flauw idee waarom Chloë zo boos was.

Want ons geheime plan om haar op te vrolijken was helaas... MISLUKT.

Toen Zoey en ik de bibliotheek uit liepen, waren we bezorgder dan OOIT.

☹!!

ZONDAG 27 APRIL

De situatie met Chloë was emotioneel uitputtend.

Maar het was niet de ENIGE DRAMATOESTAND die ik vrijdag voor mijn kiezen kreeg.

De andere begon met de ontdekking dat er die middag iets op het menu stond wat eruitzag als gefrituurde ijshockeypucks in diarreesaus.

En daar rook het ook naar! ☹ IEUWWW!!

Dus besloot ik alleen een banaan te eten als lunch.

Ik zat met mijn hoofd duidelijk bij de Chloë-crisis, want toen ik mijn bananenschil ging weggooien, had ik een heel ongelukkig en licht traumatisch ONGELUK! ☹

Met een JONGEN!!

Alleen was het niet ZOMAAR een jongen...

IK RAAK BRANDON PER ONGELUK MET MIJN BANANENSCHIL!

Ik kon NIET geloven dat Brandon dat echt zei.

Ik heb echt NOOIT gezegd dat hij VUILNIS was!!

Oké, misschien heb ik hem behandeld als oud vuil! ☹

Maar ik heb hem nooit zo GENOEMD.

GROOT! VERSCHIL!

Toen mijn excuses geland en verwaaid waren, stonden we elkaar maar een beetje aan te staren, en dat ging EINDELOOS door!

'Dus, eh... hoe gaat het, Brandon?' vroeg ik onhandig, en ik plakte een glimlach op mijn gezicht.

Brandon keek naar de slijmerige bananenschil die langzaam van zijn shirt afgleed, keek toen weer naar mij en trok een wenkbrauw op.

'OMG! SORRY! Laat me je even helpen! Verroer je niet!' zei ik, terwijl ik naar de dichtstbijzijnde tafel rende alsof mijn haar in de fik stond.

Ik rukte een handvol servetjes uit de houder en rende weer terug naar Brandon.

'Ik heb je in no-time schoon,' zei ik, nog nahijgend.

Ik peuterde de bananenschil van zijn shirt en gooide die bij het (echte) vuilnis. Toen depte ik de slijmerige vlek.

'Maak je geen zorgen,' zei Brandon, terwijl hij keek alsof hij zich nogal schaamde. 'Geeft niks. Je hoeft echt niet –'

'Wel waar!' viel ik hem in de rede. 'Om te beginnen was het mijn schuld. En ten tweede zijn we VRIENDEN! Hoewel dat misschien de laatste tijd niet zo lijkt,' gaf ik schaapachtig toe.

'Vrienden? O ja, Nikki? Je stond zonder duidelijke reden tegen me te schreeuwen. En toen ik je daarna een excuusbrief schreef, kwam je niet opdagen. Sorry! Maar met vrienden als jij heb je geen vijanden meer nodig!' zei hij, duidelijk een beetje geïrriteerd.

'Dat geschreeuw was niet voor jou bedoeld! MacKenzie was die dag mega-irritant en ik dacht dus echt dat JIJ HAAR was toen ik dat allemaal zei,' legde ik uit. 'En ik heb WEL geprobeerd naar onze afspraak in de CupCakerij te gaan. Maar dankzij MacKenzie zat ik er DRIE dagen te laat! Die meid is zo hopeloos GESTOORD dat ze onze relatie heeft GESABOTEERD met red velvet-CUPCAKES! Wie DOET nou zoiets?' raasde ik.

'Dus volgens jou is dit allemaal MacKenzies schuld? En probeerde ze onze vriendschap weer te ondermijnen?' vroeg Brandon sceptisch.

'Ja! Dat is precies wat ik bedoel! Het is op zijn minst voor een deel haar schuld. Brandon, ze is MISDADIG GESTOORD! Zij heeft die vuile pizzaroddel over jou verzonnen! En ik ga je niet eens vertellen wat ze me pas nog heeft geflikt, want dat geloof je nooit. Ze moet worden opgesloten in een zwaarbewaakte ONDERGRONDSE GEVANGENIS. VASTGEKETEND!' zei ik ziedend. 'Gelukkig is ze nu van school veranderd!'

'Het spijt me, Nikki... maar na al dat... DRAMA weet ik niet meer wat ik moet geloven,' zei Brandon meedogenloos. 'Misschien ken ik JOU toch niet zo goed als ik dacht.'

Nou, DIE opmerking kwam me vaag bekend voor.

Ik had precies hetzelfde tegen HEM gezegd tijdens onze laatste ruzie. Ik kon NIET geloven dat die gast MIJN tekst stal!

Plotseling merkte ik dat het ongewoon stil leek in de kantine.

En toen ik me omdraaide zag ik dat de HELE school ons zat AAN TE GAPEN. Alsof we meespeelden in zo'n overdreven dramatische romantische tienerfilm.

OMG! Ik schaamde me KAPOT...

IK, IN SHOCK ALS IK ZIE DAT DE HELE KANTINE ONS AANGAAPT!

Toen de bel het einde van de middagpauze inluidde zuchtte Brandon en staarde hij me zwijgend aan. Hij zag eruit alsof hij diep nadacht over alles wat ik had gezegd. Of probeerde te bedenken wie er GESCHIFTER was, MacKenzie of ik!

'Nikki, echt, volgens mij moeten we gewoon...' Hij aarzelde en keek op zijn horloge.

Ik hield mijn adem in en bad dat hij onze vriendschap nog een kans zou geven.

'...gewoon naar BIOLOGIE gaan voor we te laat komen. Ga je mee?' vroeg hij en hij zette zijn dienblad weg.

Toen raakte ik echt in PANIEK!

Betekende dit dat onze relatie VOORBIJ was?

We hadden duidelijk GEEN verkering. En in de afgelopen paar weken waren we niet eens gewoon VRIENDEN geweest.

Dus wat waren we dan van elkaar?

En waarom voelde het zo groot? En verwarrend? En opwindend? En speciaal? Allemaal tegelijk.

Toen snapte ik het eindelijk! Misschien wilde Brandon onderweg naar bio verder praten!

Je weet wel, onder vier ogen. Zonder dat de hele kantine mee zou luisteren.

Hoe ROMANTISCH was dat? ☺

Ik draaide me om en keek naar alle gezichten die nog steeds naar ons staarden.

Plotseling voelde ik een PIEPKLEIN sprankje hoop! Misschien konden we onze vriendschap toch weer op de rails krijgen!

Toen draaide ik me om en gaf eindelijk antwoord. 'Eh... OKÉ! Laten we naar de les gaan.'

Maar toen ik me omdraaide...

WAS BRANDON WEG!

☹!!

MAANDAG 28 APRIL

Ik was al vroeg op school om al mijn Wijsneus-brieven na te lopen en aanwijzingen te zoeken voor de 'verrassing' die MacKenzie had aangekondigd.

Ze had een stuk of twaalf brieven beantwoord en bewaard in mijn mapje 'Nieuwe brieven'.

Daar worden alle brieven opgeslagen tot ik mijn raad aan de leerlingen mail en/of een kopie in de map 'Publiceren' zet, vanwaaruit mijn brieven elke maandagmiddag om halfeen automatisch in de schoolkrant worden geplaatst.

OMG! Haar brieven waren ZO gemeen!

En het slechte nieuws is dat ze haar advies al aan drie leerlingen had gemaild! ☹

Na het lezen van hun problemen had MacKenzie geraden dat 'Ontzettende Flutvriend' Brandon was, 'MPM-Prinses' Jessica en 'Bedroefd om beugel' mijn vriendin Marcy.

Haar brief aan Brandon had een cupcakenachtmerrie ontketend, maar hij had het overleefd.

En die achterbakse WANNABE Jessica verdiende niet beter dan die valse brief van haar ex-BFF MacKenzie!

Maar ik was een beetje bezorgd over Marcy.

Ik nam me voor om met haar te gaan praten en te checken of ze geen trauma had opgelopen door die verschrikkelijke brief van Wijsneus.

Ik kon alleen zeggen dat het een heel slechte grap was en mijn excuses aanbieden.

Ik printte MacKenzies brieven uit (voor het geval ik ze ooit nog nodig zou hebben!) en WISTE ze totaal uit mijn mapje 'Nieuwe brieven'.

PROBLEEM OPGELOST! ☺

MacKenzies schrikbewind als VALSE Wijsneus was officieel VOORBIJ!!

Het was puur toeval dat Marcy net het lokaal van de schoolkrantredactie binnenliep toen ik bijna klaar was.

En moet je horen! Ze leek helemaal niet boos!

Sterker nog, ze bedankte me (nog eens) voor het reisje naar New York in de Nationale Bibliotheekweek en ratelde non-stop over hoe TOF Violet, Jenny en zij het hadden gehad.

Maar nu komt het VREEMDSTE! Toen ik sorry wilde zeggen voor de adviesbrief van Wijsneus over haar beugel beweerde Marcy dat ze geen flauw idee had waar ik het over had. Ze zei dat ze GEEN brief had ingestuurd! De laatste tijd althans niet meer.

Marcy zei verder dat haar beugel helemaal niet zo erg was toen ze er eenmaal aan gewend was, EN ze was blij en opgewonden omdat hij er over DRIE maanden EINDELIJK uit mag!

Oké! Dat gesprek was echt ONGEMAKKELIJK!! ☹

Dus MacKenzie zat ernaast! De 'Bedroefd om beugel'-brief kwam blijkbaar van een van de andere tientallen leerlingen met een beugel bij ons op school. HEEL FIJN!! ☹

Ik raapte mijn spullen bij elkaar en ging snel naar mijn afspraak met Zoey bij Chloës locker, duimend dat alles weer normaal zou zijn.

Maar helaas! Chloë sloeg haar locker keihard dicht en liep ons zonder een woord te zeggen voorbij.

Dag vier van de Chloë-crisis was een feit!

Tegen lunchtijd hadden Zoey en ik het briljante idee om in een briefje op Chloës locker te vragen of ze tijdens de lunch naar de bezemkast wilde komen.

Daar spraken wij drieën altijd af als we belangrijke zaken moesten bespreken.

Zoey krabbelde snel een briefje namens ons tweeën...

Lieve Chloë,

Wat is er? Ben je boos op ons? We zijn al een paar dagen superbezorgd. Wil je erover praten?

Kom ALSJEBLIEFT Z.S.M. naar de bezemkast! We gaan heus niet moeilijk doen of zo. Maar we geven om je omdat je onze BFF bent!!

ZOEY en NIKKI

PS We zijn erg verdrietig en missen je!! ☹

Toen vouwden we ons briefje op en hingen het op Chloës locker.

Toen de bel voor de lunch ging, wisselden Zoey en ik een zenuwachtige blik en gingen snel ons kamp opslaan in de bezemkast.

We wachtten en wachtten, maar zo te zien was Chloë niet van plan om te komen.

Dat was nog NOOIT eerder gebeurd.

Onze BFF leek in één klap in een nog ERGERE dramaqueen dan MacKenzie te zijn veranderd.

Net toen we de hoop wilden opgeven, klikte het slot en ging de deur langzaam open.

Tot onze opluchting zagen we Chloë daar staan.

Ze zag er heel verdrietig uit, en haar ogen waren rood, alsof ze gehuild had of zo.

'Ik heb slecht nieuws, jongens!' zei ze snuffend.

Dat waren de eerste woorden die ze in zo ongeveer een jaar tegen ons zei!!

Zoey en ik staarden haar zwijgend aan.

Ik kreeg een brok in mijn keel en mijn hart bonkte zo hard dat ik het in mijn oren kon horen.

Ik was bang dat Chloë ging zeggen dat ze met haar familie naar Timboektoe ging verhuizen of zo!

OMG!

Wat moesten Zoey en ik zonder onze BFF?

Ik wilde er niet eens aan denken! ☹

Chloë stond daar maar een beetje te trillen, alsof ze elk moment in huilen kon uitbarsten.

Uiteindelijk haalde ze diep adem, wees op haar lippen en plooide ze toen langzaam tot iets wat nog het meest op een grijns met roze lipgloss leek.

'Dus je wilde al die tijd niet met ons praten omdat je de kleur van je eigen lipgloss zo lelijk vond?' riep ik ongelovig uit. 'Serieus?'

Zoey gaf me snel een stomp met haar elleboog en keek me vuil aan.

'AU!' jammerde ik zachtjes.

'Wij vinden die kleur je juist geweldig staan, Chloë!' verzekerde Zoey haar met een nepgrijns op haar gezicht. 'SUPERschattig! Toch, Nikki?'

'Ja, Zoey, HEEL schattig! Het is precies dezelfde rozerode kleur als de PLEK waar je me net gestompt hebt! Je weet wel, voordat die opzwelt en zwart, blauw en paars wordt,' mompelde ik.

Zoey keek me alweer vuil aan.

'WAT?' zei ik schouderophalend tegen haar.

Chloë rolde enorm met haar ogen.

Toen liet ze ons heel dramatisch haar opeengeklemde tanden zien.

Zoey en ik konden onze ogen niet geloven...

ZOEY EN IK STAREN NAAR CHLOËS TANDEN!

Toen we allebei dichterbij kwamen om het beter te zien glimlachte Chloë verlegen (voor de eerste keer in dagen!) en flapte eruit...

'IK HEB EEN BEUGEL!!'

Ik was zo geschokt dat ik me moest inhouden om niet TOTAAL te flippen! Chloë WAS al getraumatiseerd, en ik wilde niet dat ze zich NOG ellendiger ging voelen.

Zoals ze daar zenuwachtig naar ons stond te glimlachen zag Chloë er ~~onthutsend~~ ONTMUTSEND lief uit met haar nieuwe beugel.

'OMG! Dat staat je ZOOO schattig,' kweelde Zoey, alsof ze een nieuwe puppy bewonderde.

'Wow! Die knalroze elastiekjes halen je warme teint naar voren. En, eh... de paarse slotjes kleuren prachtig bij je ogen!' zei ik, even enthousiast als de irritante verkoopsters in het winkelcentrum.

Alleen meende ik wat ik zei. Min of meer.

'Kom op, zeg! Dat zeggen jullie alleen zodat ik me beter ga voelen!' snifte Chloë. 'Zie ik er echt niet uit als... een FREAK met een bek vol ijzer?'

'Natuurlijk niet!' riep ik.

'Ben je NIET GOED WIJS?' gilde Zoey.

En toen grepen Zoey en ik onze BFF vast, gaven haar een dikke knuffel en riepen...

ZOEY EN IK GEVEN CHLOË EEN DIKKE KNUFFEL!

Chloë legde uit dat ze woensdag en donderdag niet op school was geweest omdat ze toen haar beugel kreeg. (En dat terwijl ik bang was dat ze ontvoerd was en gedwongen zou worden om zombiekoningin te worden!)

'Chloë, waarom VERTELDE je niet gewoon dat je een beugel kreeg?' vroeg ik.

'Dat heb ik gedaan! Min of meer!' zei ze. 'Maar ik wilde jouw EERLIJKE mening. Dus heb ik een brief aan Wijsneus geschreven.'

'Weet je dat zeker? Ik heb nog nooit een brief van jou gehad,' antwoordde ik, een beetje verward.

'Nou, eigenlijk heb ik mijn eigen naam niet gebruikt. Ik schreef dat ik erdoorheen zat omdat ik een beugel moest en vroeg om jouw raad. Ik heb de brief ondertekend met...'

'BEDROEFD OM BEUGEL!' gilde ik bijna. 'OMG, Chloë! Die brief was van JOU?'

'Ja! Ik kreeg JOUW brief op dinsdagochtend, maar ik had pas na school tijd om hem te lezen. Eerlijk gezegd, Nikki, ging ik me veel ellendiger voelen door jouw brief!!' Chloë snufte. 'Het klonk alsof je mensen met beugels HAATTE! Daarom ben ik min of meer geflipt en wilde ik niet meer praten. Ik was bang dat jullie mijn vriendinnen niet meer wilden zijn als jullie wisten dat ik een beugel had.'

Zoey keek me kwaad aan. Ik schoof snel bij haar vandaan, voor het geval ze weer zou gaan stompen.

'OMG, Chloë! Het spijt me zo!' zei ik terwijl er een golf van verdriet over me heen spoelde. 'Ik vind het zo ROT! Jij hebt die nare brief NIET verdiend! Het zal vast niet veel helpen, maar... ik heb hem NIET geschreven!'

'Wat?' zeiden Chloë en Zoey met open mond. 'WIE dan wel?'

Tot dat moment was ik SUPERBEZORGD geweest over Chloë en had ik totaal niet meer aan de problemen met Wijsneus gedacht. Dit was het

PERFECTE moment om Chloë en Zoey eindelijk de harde feiten over MacKenzie te vertellen.

Te beginnen met het schokkende nieuws dat ze mijn dagboek niet alleen GESTOLEN had, maar er zelfs tientallen pagina's van had VOLGESCHREVEN.

'Oké, jongens, ik SNAKTE ernaar om jullie dit te vertellen! Jullie geloven nooit hoe ik mijn dagboek teruggevonden heb! Het is een lang en ingewikkeld verhaal.'

Ik haalde diep adem en vertelde ze snel alles, onder meer hoe MacKenzie mijn Wijsneus-rubriek had gesaboteerd door gemene brieven te schrijven en hoe ze ZELF haar torfilmpje op internet had gezet. Allemaal om mij vanwege cyberpesten van school te laten trappen.

Chloë en Zoey schudden ongelovig hun hoofd.

'Volgens mij moeten we melden dat MACKENZIE aan cyberpesten doet!' zei Chloë boos.

'Ja, dat vind ik ook,' zei Zoey. 'Ze mag hier niet mee wegkomen! Je moet het Z.S.M. aan directeur Winston en meneer Zimmerman vertellen. Anders lijk jij straks de schuldige en word je alsnog geschorst.'

'Maar als ik het aan Zimmerman vertel, kan ik de schoolkrant wel vaarwel zeggen!' kreunde ik. 'Hij dreigde me meteen te ONTSLAAN als ik de beveiliging van de Wijsneus-website in gevaar zou brengen.'

'Maar je HEBT de beveiliging niet in gevaar gebracht!' zei Chloë. 'Je dagboek is GESTOLEN!'

'En dat was niet JOUW schuld,' zei Zoey. 'Jij bent het SLACHTOFFER!'

'Misschien. Maar DAN NOG! Ze zullen me NOOIT geloven!' zei ik. 'Hoe kan ik ze ervan overtuigen dat MacKenzie mijn Wijsneus-site gesaboteerd heeft terwijl ze niet eens meer naar deze school gaat? Ik heb GEEN ENKEL bewijs!'

'Natuurlijk wel!' zei Chloë met een boosaardige glimlach. 'En nog wel in MacKenzies EIGEN handschrift!'

'Klopt!' viel Zoey haar opgewonden bij. 'Jouw DAGBOEK is het enige bewijs dat je nodig hebt!'

'Oké, jongens, even voor alle duidelijkheid!' zei ik, terwijl ik mijn best deed om niet te gaan flippen. 'Ik moet dus mijn dagboek inleveren, dat vol staat met mijn diepste gevoelens, duisterste geheimen en meest gênante momenten? Bij directeur Winston en meneer Zimmerman? Als bewijs tegen MacKenzie?'

'JA!' antwoordden Chloë en Zoey vol overtuiging.

'Het is de ENIGE manier om haar tegen te houden!' pleitte Chloë.

'En de ENIGE manier om niet wegens cyberpesten geschorst te worden!' beredeneerde Zoey.

'ZIJN JULLIE ALLEBEI GEK GEWORDEN?' schreeuwde ik tegen mijn BFF's. 'Sorry, maar ik kan toch niet zomaar mijn DAGBOEK aan de schoolleiding geven? Het is veel te persoonlijk!!'

'Ja, ik weet dat het een beetje gênant zal zijn, maar het dient een HOGER doel!' beweerde Zoey.

'Neem je verantwoordelijkheid en bescherm de leerlingen tegen de werkelijke cyberpester: MacKenzie!' riep Chloë uit.

'Maar als het nu tegen me werkt en ik in de PROBLEMEN kom door wat er allemaal in mijn dagboek staat?'

'Kom op, Nikki, hoe erg kan het zijn?' vroeg Zoey.

'Nou, er staat in dat ik meneer Zimmerman gek vind!'

'Ja, meneer Zimmerman is ook best wel maf!' gniffelde Zoey. 'Maar hij kan vast wel tegen een grapje.'

'En als hij boos wordt, wat dan nog?' giechelde Chloë.

'En weten jullie nog dat wij zaten te appen toen directeur Winston tijdens de lunch naar ons stond te loeren? Dat staat ook allemaal in mijn dagboek! Dat Winston nooit zou geloven dat we soms stiekem in de bezemkast rondhangen. Die volgens onze schoolgids verboden terrein voor leerlingen is, op straffe van drie keer nablijven per overtreding!'

Op dat moment stopten Chloë en Zoey met lachen. Ze zetten ogen zo groot als schoteltjes op.

Mijn BFF's keken ineens een beetje bezorgd.

'Dat is nog niet alles,' ging ik verder. 'Ik heb ook dingen over jullie opgeschreven. Chloë, jij zei dat we er niet uitzagen alsof we mensen met de biebtelefoon voor de gek zouden houden! En Zoey, jij zei dat we er zeker niet uitzagen alsof we stiekem de jongenskleedkamer in zouden sluipen! Er staat ook in dat we zonder verlofpasjes de kantine uit zijn gegaan. Dat zijn minstens VIER schoolregels die we overtreden hebben, sommige zelfs een paar keer! Maar als Winston dat allemaal mag lezen van jullie, vind ik het BEST! Ik vertel wat MacKenzie gedaan heeft en lever mijn dagboek in als bewijs.'

'OMG, Nikki! Al die dingen die WIJ hebben gedaan heb je OOK in je dagboek geschreven?' krijste Zoey.

'SORRY!' antwoordde ik schaapachtig.

'IS DIT EEN GRAPJE?' piepte Chloë. 'Dat wordt

JARENLANG nablijven! Als onze klasgenoten straks gaan studeren, zitten wij hier NOG! Enig idee hoe PIJNLIJK dat zal zijn?'

'Ja, en is er geen regel dat ze je gewoon opgeven als je te vaak straf hebt gehad en je van school TRAPPEN?' kreunde Zoey.

'Sorry, Nikki, maar je kunt je dagboek ABSOLUUT niet aan Winston geven!' ziedde Chloë.

'MEGAslecht idee!' brieste Zoey.

'Wacht eens! Even voor alle duidelijkheid,' zei ik terwijl ik mijn ogen tot spleetjes kneep. 'Hoe zit het dan met het hogere doel en mijn verantwoordelijkheid nemen? NU zeggen jullie dat ik mijn dagboek NIET kan laten lezen, alleen maar omdat er SLECHTE DINGEN over jullie in staan?'

'PRECIES!!' zeiden Chloë en Zoey, terwijl ze me boos aankeken.

'Ik ben ontzettend teleurgesteld in jullie,' klaagde ik. 'Hoe verklaren jullie dit?'

'We zijn VERLOREN,' kreunde Chloë.

'Ons leven is ZO voorbij!' steunde Zoey.

EINDELIJK waren we het er helemaal over eens: Winston en Zimmerman om hulp vragen was GEEN optie.

Als zij mijn dagboek zouden lezen was er een hele dikke kans dat mijn BFF's en ik evenveel problemen zouden krijgen als MacKenzie!

JAKKES!! ☹!!

'Luister, jongens, misschien maken we ons zorgen om niks,' zei ik. 'Zolang MacKenzie niets doet, hebben we mijn dagboek niet nodig, toch? En intussen zit ze vast al in Parijs een werkstuk te maken over de Eiffeltoren, samen met haar bekakte nieuwe vrienden van North Hampton Hills International Academy.'

'Ja, maar zei ze niet dat je een verrassing zou krijgen op maandag 28 april? Nou, dat is VANDAAG! En na het stelen van je dagboek en het hacken van je website is ze tot ALLES in staat!' zei Zoey.

Chloë tikte tegen haar kin, diep in gedachten. 'Als ik een geschifte, jaloerse, verwende, lichtgeraakte, rijke dramaqueen als MacKenzie zou zijn, hoe zou ik dan wraak nemen? Hmm...'

'Eigenlijk was ik vooral bang dat ze iets met mijn probleemrubriek had uitgehaald,' zei ik. 'Maar zodra ik ontdekte wat ze had gedaan, heb ik mijn wachtwoord veranderd zodat ze niet meer kon inloggen op mijn Wijsneus-account. En vanmorgen heb ik AL haar brieven gewist en de andere NOG eens gecheckt, want mijn probleemrubriek staat vandaag in de schoolkrant. Mijn nieuwe website heeft een coole publicatiemodule. Ik hoef mijn brieven alleen in een bepaalde map te zetten en dan worden ze op de juiste dag vanzelf gepubliceerd. Maar nu bedenk ik dat ik ben VERGETEN die map te checken.'

Plotseling ging er een klein lampje aan in mijn hersenpan. Ik raakte totaal in paniek en krijste:

O, VERDORIE! Stel dat MacKenzie HAAR brieven tegelijk met de MIJNE laat publiceren?

'Misschien is DAT de verrassing!' riep Zoey uit. 'Hoe laat komt de krant vandaag uit?'

We keken hoe laat het was.

'Om halfeen!' zei ik. 'En dat is over precies...'

'VIJF MINUTEN!!!!!' schreeuwden we paniekerig.

Chloë, Zoey en ik renden naar de deur alsof er een brandalarm was afgegaan.

'Ik ga mijn laptop uit mijn locker halen om op de Wijsneus-site naar MacKenzies brieven te zoeken,' riep ik over mijn schouder. 'Kunnen jullie langs de redactie gaan en mijn rode map uit mijn postvakje halen? Daar zitten prints in van al haar brieven. Dan zie ik jullie in de bibliotheek.'

'Oké. Maar schiet op. ALSJEBLIEFT!' smeekte Zoey. 'Als MacKenzies brieven in de schoolkrant komen en jij beschuldigd wordt van cyberpesten en je je DAGBOEK aan Winston moet geven...'

'ZIJN WIJ ER GEWEEST!!' mopperde Chloë.

Het was maar goed dat MacKenzie van school was veranderd! Want anders... Ik zweer je, dan was ZIJ er geweest! Zo BOOS was ik op dat moment op haar.

MacKenzie had een tikkende TIJDBOM op onze school achtergelaten, in de vorm van haar Wijsneusbrieven.

En nu moesten we de bom vinden en onschadelijk maken voor hij ONTPLOFTE!!

!!

DINSDAG 29 APRIL

Toen ik stopte met schrijven waren mijn BFF's en ik totaal in PANIEK over MacKenzies brieven.

Die meid heeft een heleboel VERSCHRIKKELIJKE dingen gedaan, maar DEZE stunt was de ERGSTE!

Niet alleen zouden haar nepbrieven een heleboel onschuldige scholieren KWETSEN, maar er was ook een kans dat WIJ van school GETRAPT zouden worden! ☹!!

Toen we elkaar weer zagen in de bibliotheek hadden we nog geen drie minuten om MacKenzies brieven te vinden en ze te wissen voordat de krant om halfeen gepubliceerd zou worden.

Terwijl Chloë en Zoey de prints van de brieven doorlazen en me de details doorgaven, zocht ik ze op in mijn te-publicerenmapje van 28 april en wiste ze snel.

We hadden zo'n stress dat we peentjes zweetten. Ik typte zo snel als mijn vingers konden...

MIJN BFF'S EN IK ZOEKEN EN WISSEN MACKENZIES BRIEVEN VOOR ZE IN DE KRANT KOMEN!!

Het goede nieuws was dat we al snel nog maar TWEE brieven hoefden! ☺ Maar het slechte nieuws was dat we nog geen 30 seconden hadden om ze te vinden en te wissen! ☹ De toestand was HOPELOOS!

En toen zei Chloë: 'Denk erom, Nikki! Als het je niet lukt, lezen Brandon en de hele school volgende week misschien jouw dagboek! Dus blijf gefocust!'

'Dankjewel, Chloë! Maar nu moet ik overgeven!!' mopperde ik.

Zoey telde af alsof ze in het controlecentrum van de NASA bij een raketlancering zat. 'Tien. Negen. Acht. Zeven. Zes. Vijf. Vier. Drie. Twee. Een! En... Wijsneus' brieven zijn gepubliceerd!'

Toen wachtten mijn BFF's gespannen tot ik ze vertelde hoe het was afgelopen met die laatste twee brieven.

Ik zuchtte en keek ze met mijn treurigste puppyblik aan, en hun gezichten betrokken van teleurstelling.

Het was zo stil dat je een speld kon horen vallen.

Toen gilde ik: 'GELUKT!!' en mijn BFF's gingen DOOR HET LINT!!

Ja! We hadden al MacKenzies brieven weten te wissen, een paar seconden voor de rubriek uitkwam! We waren zo blij dat we een groepsknuffel deden.

Ik was SUPERverrast toen ik een appje kreeg:

'Chloë en Zoey kwamen de redactie binnenstormen om een map uit jouw postvak te halen. Alles goed? En heeft Chloë een BEUGEL?'

Het was van Brandon! ☺ En aangezien hij me voor de eerste keer in WEKEN eindelijk een berichtje stuurde, leek hij niet meer boos te zijn. IEIEIEIE!! ☺ Ik was nog steeds best pissig op MacKenzie omdat ze Chloë zo gekweld had. Dus antwoordde ik:

'Alles goed. En ja, Chloë heeft een beugel! Maar voor ze vertrok heeft MacKenzie die arme meid getraumatiseerd met gemene pesterijen.'

Ik was SUPERverrast toen Brandon een paar minuten later met een foto de bibliotheek binnenkwam. Hij zei dat het een cadeautje voor Chloë was, om haar een beetje op te vrolijken...

CHLOË KIJKT STOMVERBAASD NAAR DE FOTO
VAN MACKENZIE HOLLISTER IN GROEP 8

OMG! Kennelijk waren MacKenzies 'perfect rechte, parelwitte tanden' niet altijd al ZO, eh... PERFECT!!

FOTO VAN MACKENZIE MET BEUGEL UIT GROEP 8?!!

'Waarom zegt MacKenzie al die nare dingen over MIJN beugel, terwijl ze er zelf ook een heeft gehad?' riep Chloë uit. 'Dat slaat nergens op!'

'Waarschijnlijk omdat mensen die zo hun best doen om anderen een ROTgevoel te geven, zich ZELF juist SUPERonzeker en ROT voelen!' legde Zoey uit.

Dat dachten Chloë en ik ook. Al snel ging de bel, als teken dat de lunch afgelopen was en de lessen over vijf minuten zouden beginnen.

We konden het niet laten om over MacKenzies beugel te roddelen terwijl we onze spullen inpakten.

'Eh, Nikki, kunnen we even praten?' vroeg Brandon, een beetje blozend.

Ik kon niet geloven dat Chloë en Zoey achter Brandons rug de clown uithingen en kusmondjes maakten. Ze zijn ZO kinderachtig!

Ik zou gewoon STERVEN van schaamte als hij zich omdraaide en zag wat ze deden!

Zodra Chloë en Zoey weg waren, trok Brandon een stoel bij. Maar uit pure zenuwen vergat ik dat ik ook op een stoel kon zitten. Ik plantte mijn achterwerk als een idioot op de tafel neer en staarde in zijn mooie bruine ogen.

Brandon veegde nerveus zijn slordige haar uit zijn ogen en schonk me toen een brede glimlach.

Natuurlijk begon ik te blozen en glimlachte ik. Toen bloosde hij ook en lachte weer naar mij. En al dat blozen en glimlachen ging EEN EEUWIGHEID door!!

'Eigenlijk wilde ik je nog bedanken voor je hulp met dat... eh, bananenschilgedoe van gisteren. En ik wilde mijn excuses aanbieden omdat ik jouw, eh... excuses niet accepteerde.'

'Nou, ik moet mijn excuses aan JOU aanbieden, omdat ik JOUW excuses ook niet accepteerde!' zei ik blij en ik wapperde flirterig met mijn wimpers naar hem.

'Ik meende alles wat er in die brief stond, Nikki.'

'Echt? Nou, ik ben echt blij dat je die geschreven hebt. Ook al werd hij gestolen door een gestoorde dramaqueen en was hij drie dagen kwijt!' zei ik blozend.

'Hoe dan ook, ik wilde je onder vier ogen spreken omdat ik overweeg een heel bijzonder meisje te vragen om samen iets leuks te gaan doen. Maar na alles wat er is gebeurd, ben ik bang dat ze nee zegt. Wat denk jij?'

Oké, toen werd ik dus HEEL ERG geïrriteerd en ik dacht: WAAROM neemt die gast de moeite om met MIJ te praten als hij VERLIEFD is op een ANDER meisje?

Wat ben ik dan? Een praatpaal?

En dan het LEF hebben om MIJ om advies te vragen over je LIEFDESLEVEN? Kom op zeg, WIE doet zoiets nou?

Ik vroeg me al af of dat meisje soms MacKenzie was. Brandon vond haar vast SUPERcool nu ze naar die poepchique school ging.

'Brandon, als ze je leuk vindt, WAAROM zou ze dan nee zeggen?' vroeg ik zacht.

NIET dat het mij iets kon schelen!! ☹

Toen veegde hij zijn haar uit zijn ogen en gaf me een stralende glimlach. Maar persoonlijk snapte ik niet wat er zo ontzettend leuk was.

'Dus, Nikki, wil je woensdag na school samen iets leuks gaan doen?' vroeg hij, terwijl hij recht in de troebele diepten van mijn gepijnigde ziel keek.

OMG! Ik was SUPERgeschokt toen hij dat vroeg.

En blij! IEIEIEIEIE!!! ☺

Natuurlijk zei ik JA! Het was allemaal ZO romantisch!!

Toen zag ik mijn BFF's vlak achter de deur staan, met hun neuzen tegen het raam gedrukt. Ze stonden Brandon en mij schaamteloos te BESPIONEREN...

BRANDON VRAAGT OF IK IETS LEUKS MET HEM WIL DOEN (TERWIJL CHLOË EN ZOEY ONS SCHAAMTELOOS BESPIONEREN)!! ☺

Het goede nieuws is dat Brandon en ik eindelijk weer vrienden lijken te zijn.

IEIEIEIE!! ☺

En dankzij mijn BFF's heb ik weer een van MacKenzies gemene, verwrongen, duivelse plannen weten te VERIJDELEN!

Hoewel MacKenzie al bijna een week weg is, heeft ze nog meer DRAMA in mijn leven weten te creëren dan toen ze nog lijfelijk aanwezig was op WCD!

Maar gelukkig is alles toch nog goed gekomen met mijn BFF's, mijn GEHEIME LIEFDE en mijn probleemrubriek.

Vanaf vandaag ben ik van plan een gelukkig, stressvrij, dramavrij, MACKENZIEVRIJ leven te leiden!

☺!!

WOENSDAG 30 APRIL

Een dagboek verliezen kan best TRAUMATISCH zijn!

Het voelt bijna alsof je een deel van JEZELF kwijt bent.

Geloof me, ik spreek uit ervaring.

Ik wilde MacKenzie eigenlijk vertellen dat ik ~~mijn~~ HAAR dagboek had gevonden toen het per ongeluk uit die verhuisdoos viel bij haar vertrek.

Ik wilde haar ook aanraden om zelf een dagboek te kopen en erin te blijven schrijven.

Want in een dagboek kun je je frustraties kwijt, je angsten onder ogen zien, moed verzamelen, je dromen omarmen en van jezelf leren houden.

En het is altijd beter om je woede op papier te koelen dan op een ander mens.

Maar het belangrijkste wat ik tegen MacKenzie wil zeggen, is dat ik haar alles VERGEEF wat ze me de afgelopen paar weken heeft geflikt.

Want OMG! Ze is er VEEEEEEEEEEEL slechter aan toe dan ik!! ☺

Ik ben gewoon SUPERblij dat ik EINDELIJK mijn DAGBOEK terug heb!

IEIEIEIEIEIEIEIE!! ☺

En ik heb zo'n geluk dat ik de BESTE VRIENDEN ooit heb!

Vanmiddag gaan we samen onze vriendschap vieren.

IEIEIEIEI!! ☺

Sorry, MacKenzie!!

Ondanks je schoonheid, populariteit, rijkdom en fantastische garderobe zou ik niet met je willen ruilen.

Waarom niet?

Nou, hierom:

Ik ben gewoon een MUTS!! HOERA VOOR MIJ!!

☺!!

CUPCAKES
ALLES IS PERFECT, BRANDON!

MAAR NIET VOOR LANG!

DANKWOORD

Speciale dank aan mijn redacteur Liesa Abrams Mignogna, mijn artdirector Karin Paprocki en mijn managing editor Katherine Devendorf, die letterlijk vele stormen (compleet met overstromingen, orkanen, ijzel en sneeuw) hebben doorstaan om dit bijzondere boek te maken. Jullie visie, onwankelbare steun en maniakale aandacht voor details hebben mij geholpen mijn droom van een boek vanuit het perspectief van MacKenzie Hollister waar te maken. Hoera voor ons!

Daniel Lazar, mijn vriend en ONGELOFELIJKE literair agent! Dankzij de Dagboek van een Muts-serie zijn we samen aan deze fantastische reis begonnen! Er zijn al elf boeken, maar dit is nog maar het begin van de vele grootse dingen die nog gaan komen.

Speciale dank aan de mensen van Team Muts bij Aladdin/Simon & Schuster: Mara Anastas, Mary Marotta, Jon Anderson, Julie Doebler, Jennifer Romanello, Faye Bi, Carolyn Swerdloff, Lucille Rettino, Matt Pantoliano, Christina Pecorale en de voltallige salesploeg. Jullie zijn het BESTE team dat een schrijver zich kan wensen!

Torie Doherty-Munro van Writers House, Maja Nikolic, Cecilia de la Campa en Angharad Kowal die de buitenlandse rechten verkopen en Deena, Lori, Zoé, Marie en Joy — bedankt voor het helpen verspreiden van de MUTSIGHEID!

En *last but not least*: Erin, Nikki, Kim, Doris en mijn hele familie. Bedankt dat jullie in mij geloven! IK HOUD ZOVEEL VAN JULLIE ALLEMAAL!

Vergeet nooit je innerlijke MUTS te laten stralen!

Rachel Renée Russell is een advocaat die liever tienerboeken schrijft dan juridische verhandelingen. (Vooral omdat boeken veel leuker zijn en omdat je in pyjama en op konijnenpantoffels de rechtbank niet in mag.)

Ze heeft twee dochters opgevoed en dat overleefd. Haar hobby's zijn het kweken van paarse bloemen en het maken van totaal zinloze knutselwerkjes (zoals een magnetron gemaakt van ijsstokjes, lijm en glitters). Rachel woont in het noorden van Virginia (in Amerika) met een verwend hondje dat haar dagelijks terroriseert door boven op de computertafel te klimmen en haar te bekogelen met speelgoeddieren terwijl ze schrijft. En ja, Rachel vindt zichzelf een complete muts.

Schrijf je net als Nikki graag in je dagboek?
Dan vind je dit invuldagboek echt geweldig!
Lees hier een voorproefje.

Opgedragen aan JOU, mijn BFF! ☺
Liefs, Nikki Maxwell

VOORWOORD

Medemutsen, pak jullie pennen!

Als jij net zo'n dagboekfanaat bent als IK, zul je dit invuldagboek ECHT geweldig vinden! In dit dagboek staan 365 vragen plus een bonusvraag (bedacht door ondergetekende) die je aan het denken zetten, je aan het lachen maken en je verrassende dingen over jezelf laten ontdekken.

Je gaat lekker schrijven over de SAPPIGSTE roddels, de grappigste verhalen en je meest gênante momenten! Ik zal je ook vragen je dromen, verlangens en geheime gedachten te delen.

Je kunt TWEE hele jaren lang elke dag in dit dagboek schrijven! En als je later terugbladert, zal het je verbazen hoeveel je bent veranderd of juist hetzelfde bent gebleven.

Ik heb al deze vragen helemaal zelf bedacht. En om het interessant te maken, ben ik ook uit de school geklapt! Maar ik maak me totaal geen zorgen over de antwoorden die ik heb gegeven. Ik weet dat mijn geheimen helemaal veilig zijn bij jou! ☺

Je kunt met dit boek beginnen op 1 januari of op de datum van vandaag. Als je toevallig een dag overslaat: geen punt! Je kunt altijd terugbladeren en de vraag later beantwoorden.

Veel plezier met schrijven! En vergeet nooit om je innerlijke muts te laten stralen.

Je uitmutsende vriendin,

Nikki Maxwell

☺

I JANUARI: Waarom zou JIJ tot PRINSES aller MUTSEN gekroond moeten worden?

JAAR 1:

JAAR 2:

2 JANUARI: Wat is je goede voornemen? Waarom is dit belangrijk voor je? Wat kun je VANDAAG nog doen om het te bereiken?

JAAR 1:

JAAR 2:

3 JANUARI: 'Spiegeltje, spiegeltje aan de wand...' Als je een TOVERspiegel had die altijd de waarheid sprak, WAT zou je dan vragen?

JAAR 1:

JAAR 2:

4 MAART: Je bent een wereldberoemde SUPERSTER! Wat is het LEUKSTE aan jou zijn? En wat het ERGSTE?

JAAR 1:

JAAR 2:

5 MAART: Waar ging je laatste droom over?

JAAR 1:

JAAR 2:

6 MAART: Je oma wil een compleet nieuwe garderobe voor je aanschaffen. IEIEIE! In welke winkels ga jij shoppen tot je erbij neervalt?

JAAR 1:

JAAR 2:

7 MAART: Je hebt een MAGISCH mobieltje waarmee je iedereen kunt bellen, uit heden en verleden! Wie bel je en waarom?

JAAR 1:

JAAR 2: